最美不过是日常

微微 著

U0131536

中国林业出版社
China Forestry Publishing House

图书在版编目（CIP）数据

最美不过是日常 / 微微著 . -- 北京 : 中国林业出
版社 , 2023.1
ISBN 978-7-5219-1913-4

Ⅰ . ①最… Ⅱ . ①微… Ⅲ . ①散文集—中国—当代
Ⅳ . ① I267

中国版本图书馆 CIP 数据核字（2022）第 189687 号

策划编辑：邹爱
责任编辑：袁丽莉　邹爱
封面设计：易莉
宣传营销：王思明　李思尧　杨小红

出版发行：中国林业出版社
　　　　　（100009 北京西城区刘海胡同 7 号，电话 010-83223120）
电子邮箱：cfphzbs@163.com
网　　址：www.forestry.gov.cn/lycb.html
印　　刷：河北京平诚乾印刷有限公司
版　　次：2023 年 1 月第 1 版
印　　次：2023 年 1 月第 1 次
开　　本：880mm×1230mm 1/32
印　　张：7
字　　数：269 千字
定　　价：66.00 元

写在前面

两个月近40℃的高温，电力紧张，我没有开空调，刚给家里的花草浇完水，发现又有两棵植物被晒伤，写这些字的时候，乐山正在遭受几十年未遇的高热干旱，持续生发的枫树叶也有些焦了。吸入的空气灼热憋闷，汗水啪嗒啪嗒往下滴。给自己倒了一杯白开水喝下，没有丝毫沮丧、焦躁和坐立不安。

这个世界越来越多的不确定，自然与非自然的不可抗力，迅疾暴烈地侵入我们的生活，打破日常，要怎样在这种无法预知的动荡摇摆中，在守护自己能量的同时，也减少对社会、自然和天地能量的耗损，护持住一颗静定的心呢？

种花、写字、阅读和拍摄，这些都是我生活的重要底色，在任何黯淡失意的日子，它们照进光亮，让我打起精神来，并迅速恢复元气，始终保持一颗静定的心，行走在并非一马平川的生活之路上。

这是我的第一本书。以植物为契机，关于我为什么爱植物；怎样在有限的空间种植、照料植物，让家里四季花开如春；阳台种植植物的优缺点，品种选择，等等。但同时，这本书不仅仅止于植物，而是由植物展开：一些关于童年的记忆；与亲情、爱情、友情的彼此关联，与家居、灯火、食、器、字、书、拍摄的相互映照；一些节气，从一月到十二月。借由植物的生灭，窥看人的心境和情感的幽微变化，让自己缓慢地向内生长。

找到适合自己的方式，好好去践行，让自己安定踏实下来。这个方式可以是种花、读书、写字；也可以是打麻将、跳广场舞、跑步、钓鱼……只要不妨碍他人，适合自己，能让自己主动地、持续专注地投入其中，安定滋养到自己，本质上都是一样的，并未有高下之分。"独善其身"与"兼济天下"并非完全递进关系，有时也可平行进行。

感谢编辑茉苡的邀请和辛苦付出，让我有机会整理以前的一些图片、文字结集出版。那些生命中的曾经或仍然蓬勃的绿叶、花朵、写下的字、某一刻的光、走过的路、遇到的人……他（它们）——复现，立体地串联起过往，让我觉得每一刻都如此珍贵美好，人间值得，我没虚度。而这些花草、文字、图片，能够带给熟悉或陌生的人些许温暖治愈的感觉，于我，也算是恩赐。

愿你我的内心都可以一直成长。好好过这日常，爱这生生不息的生活。

2022年8月于乐山

目 录

花间随笔

从一月到十二月

自序　我的一天

　　几乎可以不用闹钟，每天早上六点半左右定会醒来。洗漱完，一边做早餐一边给家里的植物浇水。为鲜切瓶插的日本吊钟、马醉木续水，用喷壶喷湿观叶类植物叶片的正反面，给其余植物灌根浇透，这样来回一圈的时间，恰好可以烧沸冲泡牛奶和咖啡的水、煮好鸡蛋、蒸热馒头包子。然后准备一些小菜，盛出头晚电饭煲预约的稀饭。

　　等待家人起床洗漱的几分钟空闲里，在一窗的绿意和花朵前做短暂停留，拔去盆里的杂草，剪去残花，数数花苞，或是什么也不做，就只是站在窗前，在清晨的明朗润泽中，感觉身体能量重新注满后的舒展和活力。

　　听着新闻吃完早餐，收拾整理后出门开启一天的工作。办公室放了很多书，利用工作之余的碎片时间完成了大量阅读。

工作日每天两个小时的午休时间，正好拿出一小时上瑜伽课，在体式和呼吸的运动调伏中，让上半天班僵累的身体、活跃的思维得到各自的顺位整理。继续下午的工作。晚饭后到睡觉之前这一段时间珍贵而丰富。前半段时间，有时去健身房做一些体能训练，有时陪家里人散步聊天，有时不出门就在花间喝喝茶、看看书。后半段时间一般都会写字，每每在灯下倒上墨、铺开纸，会感觉整个世界都安静了下来，特别享受这一段与笔墨、与自己相处的时光。

即便周末，也没有晚睡习惯，喜欢一早去山里，去花市或者菜市。上课、和朋友聚会、拍摄、做好吃的食物、深度清扫、整理。享受下午的喝茶、读书、听歌、写字时光……

\ 家里的清晨，明朗润泽 \

日复一日，我的生活就是这样，偶尔会有一些小小的不同。在看似机械单调的重复中，其实有着无穷的乐趣。

只要稍微留心就会发现，晨光照进屋子的角度，在家具器物上的反射每一天都是不同的。窗外的植物和花朵也会有些微的变化，再加上春夏秋冬，阴晴雨雪，无数变量的叠加，会混搭组合出无穷无尽的意象。而一天之中接踵而至的各类事情，也如这般，期间包含很多微小变量，让每一天都令人欣喜又期待。

常常觉得，一切如旧才是最好的生活。惯性的打破，大都出自意外事件，对身心都会是一种冲击和损耗。看似一成不变的日子，重要的是于日常处体味生活的诸多美好，全情投入，好好热爱。

\晚上与笔墨相处的时光 \

如果没有特殊事情，十点半准时上床睡觉……

啪啪

种下你的花。

• 那些开在童年的花

　　小时候住在乡下，家里前门外种满凤仙花、胭脂花、太阳花，它们枝干粗壮，茂盛蓬勃，每一年花朵都开得轰轰烈烈。凤仙花有粉红色、紫红色、大红色，有单瓣和重瓣。最开心的事就是花开的时候，摘下一些花瓣，揉碎，敷在指甲上，用棉布细线轻轻缠绕包裹，过一会儿取下，就拥有了天然的绯红指甲。举起手对着阳光看，手指上隐隐的青草和花香味传来，一些细密的光线穿过指缝，轻轻洒在脸上，温暖明亮。而胭脂花，是可以摘下来拉出花蒂，挂在耳朵上当耳饰的。

　　屋后小山坡上，爸爸种了月季和栀子，每年春天和初夏，房子周围都飘着微微香甜的味道。后来回忆起小时候，好像那个季节的自己，每天嘴里都含着一颗甜甜的奶糖。那时盼着栀子花开，每天要去数几次花苞，看着它们一天天从青绿慢慢露出窄窄的白边，缓缓绽放的大片纯白花瓣，边沿有一条细细绿线。摘一些扎在发辫上或是别在衣襟上，穿成串挂在蚊帐里，从早到晚，都是香香的。后来，爸爸不在了，我也离开了故乡，每次听刘若英唱"栀子花，白花瓣，落在我蓝色百褶裙上"就会想起小时候，想起

爸爸。年幼的时候，确实不懂父母恩，那时的懵懂，叛逆，顶撞，自以为是，想着赶快长大，要逃离，要独自浪迹天涯。

爸爸离去之后，有一段时间，我身体的某一部分像是被掏出了一个洞，什么都不能去替代填补。后来，我渐渐长大，有了自己的家和生活，我种月季、栀子和种各种各样的花与绿植，也写字、做手工、拍摄，认真工作、开心生活，身体和心里的空缺一点点被填补。

家里月季四季开花不断，栀子花也是每年五六月都有的，每当闻到那种轻甜的香味，就觉得爸爸一定在时空中的某个平行维度看着我。他离去时最不放心的小女儿，现在过得很好，他也是高兴的吧。种月季和栀子，种植各种花草，潜意识里有我对父亲的怀念，也是对于永失至亲之痛的自我积极疗愈。

也许，这个世界没有一种情绪值得我们沉溺太久，高兴也好，悲伤也罢。我们需要从奔腾的情绪里适时扯脱出来，保持一种静定的状态。正面、积极、开心地迎向生活，才会接收到更多正面的频率，才会被导向一条更广阔、快乐、明媚的路途。

• 故乡和山野，那些花儿

常常在想，为什么年龄越大，越想回到小时候生活的故乡，为什么爱山野、植物和花朵，也许是因为它们呼应了心里宁静、自由和明亮的部分。

那时候每一块土地都被耕种，玉米、大豆、麦子、稻谷，它们被播撒在各自的季节，土地回馈给我们粮食、瓜果、蔬菜，以及无尽的绿叶和花朵。春天的田埂边，桃花、梨花、李花灿如云霞，它们轻盈而美丽，承载着关于果实的梦想和期待；夏天绿油油的稻田，山坡上开满各种不知名的野花，自由地摇摆在风里；最喜欢的是秋天，清晨薄雾缭绕，竹叶和秧叶上挂着露珠，每一颗都在晨光下闪闪发亮。

秋天，还有漫山遍野的野棉花和野菊花。那时候还不用除草剂，随便怎么摘，第二年一样开得漫山遍野。后来离开故乡，久居城里，特别想念那些山野之花。有一年跟随朋友户外活动，想移植一两株野花回家栽种，却被资外驴友狠狠批评，大意是说有违户外规则，当时有说不出来的难过。所以，我有时会想，自己现在那么喜欢植物和花草，到底是因为什么呢？是因为植物的生

\家乡的花\

机和美好，是对自然的热爱，还是想念自己的童年和故乡？我也说不清楚。

现在，老家的很多地面已被水泥硬化，那个盛满我美好记忆的小土坡已被改为停车场。小时候，一到夏天傍晚，我特别喜欢坐在那里，背后是青翠竹林，脚下是一望无际的稻田，田埂上开满各种野花，对面是连绵山峦，天空常常有火烧云，那些瑰丽色彩中不断幻化出兔子、马、河流、楼阁……我仰着头一直看一直看，直到那些奇妙变幻的景象渐渐隐没在夜色里，晚风中飘来炊烟的味道，才恋恋不舍起身回家去。

\怀念故乡的山水\

第一次听朴树唱《那些花儿》，"那片笑声，让我想起，我的那些花儿，在我生命每个角落静静为我开着……"内心莫名激动澎湃。"我曾以为我会永远守在它身旁，今天我们已经离去，在人海茫茫……"现在的故乡，土地成片荒芜，杂草丛生，少有的还在耕种的土地，因为过度使用化肥农药和除草剂，野花野草少了很多，也再难见到傍晚的火烧云。

后来在城里种花，一直都不太喜欢那种看起来过于齐整的花，觉得刻意和呆板。有时会故意不去修剪，把花草养得疏朗、瘦弱一点。那些纤巧、恣意舒展的枝条会让我想起故乡原野上自由生长开放的花朵。

• 阳台上的花园梦

在所有的事物中，植物与花朵大概是人类最不需要思考和逻辑判断，就会觉得喜欢的生命。虽然与人的生存并无多少直接关系，但每一片叶、每一朵花都散发出生机与活力。它们闪着光，照亮你心里阴霾的角落，让你的生活充满喜悦。

从小到大，理想中的房子要有个大院子，可以随意种花种草种菜，养猫养狗，最好门前还有棵大树。

十几年前，买下现在住的房子。当时的理想和现实有些距离，便退而求其次地要求房子周围有绿植，有大大的明亮的窗户，有可以种花的地方。这是只看了地段和图纸买下的期房。虽然后来的成品离想象中的样子还是有一些距离，不过并没令人失望。随着时间的推移，窗外树木渐渐成林，从家里每一扇窗望出去，都是深深浅浅的绿。

天气晴好的时候，清晨光线纯净甜蜜，清凉温和。阳光慢慢点亮远处山峦，近处树木。窗外的树叶一片一片立体生动起来，在风中轻轻摇摆，晃动一地迷离树影。雨天，树叶会被雨水冲刷得油亮，不同频率、大小的雨点在树叶上击打出不同的音律。

那些绿在风中、阳光下、雨中、四季的更迭中幻化不同的光泽和颜色，和家里的植物花朵两相呼应，绵延成无界限、无分割感的深邃悠远。每天早上拉开窗帘都有一种置身森林的错觉。枝头每天停留着各种各样的鸟，带来高高低低的悦耳鸣叫。

南向北向各一个大阳台。南向阳台正面全落地窗封闭，两个侧面有可推开的窗户，保证了空气流通。全日照，但因为冬夏太阳照射的角度不一样，所以冬天日照充分，午后的阳光会照射进整个屋子，但夏天的阳光会止于阳台与房间的交界处，屋内尚阴凉。

南向阳台连接客厅，是家里主要视觉集中点，所以在花木的选择搭配上，木本和草本兼搭。一棵种了十几年的很大的幸福树，四季常绿，正好和窗外的树林呼应，营造出不同的景深。大的冠幅可以在夏季为怕晒的植物遮阴，同时又可以和其他矮一些的植物搭配出高低层次。木绣球、无尽夏、绣线菊、三角梅、铁线莲、月季等这些多年生花卉植物轮流出镜，大株型的花盆底部都有带轮可移动托盘，这样方便随时移动搭配出不同花境。盛花期置于观赏区，休花期移到北阳台养护区，日常再搭配各种应季草花。在基础绿的底色上，依照时节对花卉植物做一些色系的统一，春天是温柔的粉色系，夏天偏重清凉感的紫色和蓝色，秋天会是明亮一些的黄，冬天则会加进一些温暖的红色元素来点缀。

北向阳台全开放，半日照。用卵石、小木桩、铁艺花架造出不同花境。在常春藤、各种蕨类、矾根等四季观叶植物中，穿插种植茶花、月季、铁线莲、绣球、天竺葵等时令花卉。这样，即便是冬天，也是生机勃勃，没有丝毫萧条荒芜感。同时，北阳台分隔出一

个小区域作为植物的养护区，多年生花卉植物在休花期就会被搬到这里做集中养护。

　　魔都的一个中年男子，在小小的家种满了花草。别人问他为什么繁忙的工作之余还要分那么多时间去种植照料这么多植物。男子带问话的人去他家楼下转了一圈，是脏乱的老破旧小区以及车水马龙、嘈杂不堪的周遭。他说自己985院校毕业，奋斗了十几年才终于在繁华之都有了真正属于自己的家，正因为工作的高压，条件有限的周遭环境，觉得生活更不该潦草和随意，花草让家和未来充满希望和活力，也让自己和家人，特别是孩子，眼睛里能时时看到美，所有外在的不堪都被忽略。

生活是用来热爱的，一个整洁、舒适、美丽的家确实需要付出很多的时间和精力。

我的朋友也曾问过我类似的问题，她说你并不是一个闲人，还要照料整理家里那么多植物，常常搬动挪移花草和家具的位置搭配，那要花去好多时间啊！是的，日复一日，身体上是有一些疲累的，但精神确实是无比愉悦的啊！寄情和依托，我们总是要从世俗的纷纷扰扰中找到适合自己的依傍与慰藉，装满力气对抗绝望、对抗破碎、对抗失意。付出时间、精力，去学习了解各种花的习性、光照、温度、干湿要求、日常养护要点，好好对待每一株生命。我相信万物有灵，将时间与精力注入，与之相伴，任其生长。你付出一分，它们也会回报你一分。那些绿的、红的、黄的、蓝的、紫的会让你偶尔苍白灰暗的生活，被涂抹上色彩，照进光亮。

所以，不要受限于你的地方，不要总是以工作、家务、忙碌、偶尔的烦心事来作为不热爱生活的理由。从现在开始，为自己和家人种一些草，种一些花，好好躬耕其中，不久，你也会拥有你的"桃花源"。

\花草是日常生活的点缀，更是灰暗时刻的光亮\

• 我的花花草草

月季和铁线莲——唯美浪漫的诗

每年农历新年过后，天气慢慢回暖，各种月季和铁线莲的芽点会快速生长，特别是铁线莲，一夜之间可以窜高好几厘米，新叶间静悄悄冒出好多花苞。这个时候乐此不疲的事，就是去数那些花苞，并且一遍一遍地叮嘱家里人，走路要小心，做事要小心，不要碰掉了我的花苞。

记得有一次修剪铁线莲的干枝，剪断一根，拉出来一看，才发现上面很长一截已经有萌发的小小叶片，还有几串花苞，当时真的是心疼得要掉泪，狠狠掐了掐自己的手。这种感觉，大概只有种花爱花的人才能体会。每一棵植物，都像是自己小小的孩子，倾注心力，用心呵护，不忍它受半点伤害。

月季是浪漫和幸福的花朵。它的花语是幸福快乐的心情、美丽动人的光荣以及热烈美好的爱情。它的味道，是那种带着蜜的甜香，会让我想起小时候，爸爸在屋后种下的月季，它们一直在我的心头摇曳，温暖着我。尽管大部分的月季都容易遭受病虫害，但依然阻止不了我栽种的决心。"只道花无十日红，此花无日不春风"，它们的美，不易而短暂，所以更觉珍贵。

\开放的铁线莲\

那些等待、辛劳换来的内在与外显的美，才更让人迷醉。月季的美，是其他品类的花朵都无法替代的。当各类月季盛开的时候，感觉自己在土壤里种下的，真的不仅仅是花，而是一行一行唯美浪漫的诗啊！

阳台月季的养护

土壤微酸性，一定要疏松，可以用专门的月季土种植。至少要半日照，定期转动花盆，让其受光均匀。浇水见干见湿，不能过湿，否则很容易出现水涝，导致烂根、黄叶、掉叶。生长阶段可每隔半月施次肥，开花前施入磷钾肥。通风非常重要，不然真的很容易生病。所以，我的南向封闭阳台，对于月季来说，只能作为观赏区。一旦花期结束，或者出现病虫害迹象，要立即搬去全开放的北阳台养护。

阳台种植月季最好选择抗病性好、开花多、花期长的品种。

'金丝雀'是很适合阳台的大花微型月季，属于四季勤花的品种。'果汁阳台'几乎不生病，是非常多头的品种，单花花期也很长。'迷你伊甸园'很像迷你版的'龙沙宝石'。还有'蓝色风暴''海神王''玛姬姊姊'等。

\家里的月季\

雪柳和小手球——梦中的春雪

作为一个南方人，每年冬天都会企盼一场大雪，想像宋人一样踏雪寻梅、烹雪煮茶、焚香读书、有好多美好且快乐的事。可是每年都是气温降到冰点，雪却迟迟不来，数年都难得飘来一片雪花。

于是，为自己种下一棵雪柳，一棵小手球。不开花的时候，它们的枝叶轻盈灵动，可以作为日常插花配叶，即便单插一支，也是好看的。

每年冬末春初，看着它们芽点一点点变绿，抽出细细的花茎，小小的花苞慢慢膨胀爆开，直至枝头如雪。心头积攒的喜悦也纷纷扬扬。雪柳的花期在三月初，小手球在三月末四月初，两个正好相序连接。

当花开到繁盛的时候，随便剪一支，插进瓶中，置于案头，便会让整个桌面雅致起来。有时把读书写字的小几搬到花下，叶子碧绿，花朵细润纯净。微风拂过，白色花瓣随风而动，晴朗的天空便如飘起一场春雪，小小的花瓣落在桌子上、字上、书页和茶盏上，有一种清绝的美。

几百年前，张可久写道："山中何事？松花酿酒，春水煎茶。"

明天有明天的飞花，后天有后天的落叶，今天就好好享受今天的快乐。

彼时，我一人，于花间，远景绿意交错，时间放慢，有茶，或者有浅醉秋柚和微醺梅子酒，有蝴蝶飞舞，有低声悠扬的音乐……看春光四面而来，自然、自由、诗和远方，真的就在当下和身边，愿每个人在被生活反复捶打磨砺之后，依然拥有向上向善的力量。以日日，以夜夜，热爱这生生不息的生活。

\把读书的小几搬到雪柳花下\

\ 小手球 \

雪柳花和小手球的养护

　　雪柳的适应力非常好，抗病性强。喜光，稍耐阴。生长期置于光线充足的地方。喜欢疏松肥沃和排水性良好的土壤，每年入冬前可以给雪柳施加一些基肥，促使它旺盛生长。雪柳生长期要保持土壤微微湿润，在花后可以对其进行修剪，剪去残留花穗和弱枝，剪下的枝条正好拿来插瓶。冬天叶落后可以再次修剪，造出自己喜欢的型，也利于来年新枝的萌发。

　　小手球栽种时一定要打好土壤基础，这点很重要，可提供疏松肥沃的微酸性土壤。它比较喜光，春秋生长季充分见光，夏季适当遮阴。养殖时应该及时浇水，保持土壤湿润，浇水量适当控制。保证好基肥，生长期每个月施肥一次，注意肥料浓度要稀薄，不要用浓肥。给它提供温暖的生长环境，夏季和冬季都应该及时采取措施来调整温度。

栀子和绣球——甜蜜幸福的味道

\五月，栀子花开\

栀子花粗粗大大，又香得掸都掸不开，于是为文雅人不取，以为品格不高。栀子花说："我就是要这样香，香得痛痛快快，你们他妈的管得着吗？"

——汪曾祺

五月是绣球季，也是属于栀子花的。都是我很喜欢的花，可是，说这话的时候，又好像犯了些错，因为好像没有我不喜欢的花。四季的流转，于我，就是在各种花开花落间更迭向前。

每年五六月的清晨，我喜欢一大早去菜市，街边常有老妇人背着竹篓或提着竹篮，装着满满还带着露水或雨水的栀子花，她并不高声叫卖，只是低头择拣花枝，耐心细致捆扎，湿漉漉的绿色花叶间，白色花朵开得持重端庄。整个初夏，因了这些花，满大街的空气都流动着一种让人迷醉又安心的香甜味道，变得甜蜜美好起来，有一种让人忍不住想踮起脚尖，低声吟唱的快乐。

每年的这个时候，也有朋友会在傍晚，摘了自家的栀子，开车穿越大半个城市，踩着暮色给我送来。还有朋友会专门买了栀子花，用白棉布浸水细心地包着，让司机师傅及时送给我。她说看到我拍的栀子花就觉得这个世界特别纯净可爱，要承包我整个夏季的栀子。感谢这样同频用心的给予，让这代表夏天开始的白色花朵更惹人爱怜欢喜。

绣球花开的时候，会想起渡边纯一的《紫阳花日记》。川岛省吾和志麻子组成的家庭，平凡生活的起伏波澜，不和谐婚姻的惯性依附，人的假面孤独感。毫无预兆地失去，也出乎意料地得到。不管何时，要记得常常提醒自己，好好爱这个世界，对生命赤诚，对生活热爱，并全情投入。用心经营家里的绣球花，留出一些故意没有修剪齐整，而是让它们循着往年的姿态恣意生长，喜欢这样带点野性的自由和舒展，觉得是对生命本能状态的一种释放。

试图找到一个词定义绣球和栀子花开的季节，想了很多，都觉得乏味或者过于单义。它们的颜色、气味、质地，玲珑、干净，是一种清清爽爽的天真。

\ 栀子花 \

栀子花的养护

　　栀子花喜温暖湿润和阳光充足的环境，较耐寒，耐半阴，生长期适温 18~22℃，越冬期 5~10℃，低于 −10℃则易受冻。怕积水，喜欢疏松、肥沃的酸性沙壤土，可以将松树锯末沤透拌入土壤中。夏日切忌暴晒，不然会引起叶片枯黄。栀子花喜肥，最好是施沤熟的豆饼、麻酱渣、花生麸等肥料，做到薄肥勤施。可以扦插繁殖，适合地栽也可以盆栽，还可以水培，但水培的植株一般都比较小。

绣球花的养护

绣球花是比较适合阳台盆栽的植物，病虫害少。喜欢半阴的环境，春季可以置于采光好的地方。夏秋季需要适当遮阴时，我会将其放在北阳台或者南阳台高大植物的下面，还有一些放在门厅位置。绣球花在生长期对水的需求比较大，盛夏高温时我基本都是早晚各浇 1 次水，冬春季节随时保持盆土微微湿润，要避免过湿导致烂根。9~10 月通过控制肥水、摘除叶片、移入低温处等措施，让植株进入休眠状态，以便蓄积来年旺盛迸发的力量。

绣球花喜酸性土，不耐瘠薄与盐碱土，在碱性土中生长不良。在一年生长期中，一般可打顶 2 次，促进分枝。开花后将老枝保留 1~2 节剪短，以控制植株高度，并促生新枝。秋后剪去新梢顶部，使枝条停止生长，以利越冬。但我会留出一些，只修剪残花和不想要的枝条，让一些枝条随意生长，控制给肥，让开出的花也小巧一些，这样，每年花开的时候，我就会同时拥有繁茂和疏朗两种不同的美。

绣球花品种很多，它们的名字都很好听，有'无尽夏''玫红妈妈''花手鞠''蒙娜丽莎''太阳神殿''夏洛特公主''纱织小姐'……其中'花手鞠'，有"绣球花里的战斗机"称号，株型非常漂亮，不用经过修剪就能自然成型。耐热、耐晒，在两广也表现抢眼。还有'夏洛特公主'和'纱织小姐'，也都是非常耐热又耐寒的品种，南到广东、广西，北达东北地区均表现良好。另外还有木绣球（中华木绣球和欧洲木绣球）也可以在阳台用大盆栽种。我特别喜欢它们的颜色，初时是绿色，随着花苞长大，绿色逐渐变得浅淡，最后变成纯白色。

天竺葵——关于幸福的答案

曾经某时尚期刊做过一次调查，随机询问100个人，得到100种关于"什么是幸福"的不同答案，但综合起来，不过是一些小事情，比如，不惧怕年龄的增长，找到并实践自己想要的生活；清新的味道；有个人对我好，让我也心甘情愿地对他好；拥有适合自己双脚的鞋子；撒的种子终于发芽了……

一个喜欢背包旅行的朋友，利用假日带着十岁的女儿云游。他拍下小女儿娇嗔的、甜美的、搞怪的脸。他在微博里写道："你会很认真地给她拍很多照片，一张不漏地储存在电脑里。她一般总会觉得这张不好看，那张显胖了，那张表情不好、眼神不到位。但你觉得每张都好看，每次只选一张的时候就都犯难。这就是幸福……"是普遍而大众的父爱，却让人心里柔软得一塌糊涂。

你会觉得不管这个人是浪子也好，是成功的生意人也好。在这一刻，他的不羁，他的强硬都已放下，他手里握着幸福，他让你感动。

\家里种了很多天竺葵\

因为妈妈喜欢天竺葵，所以我种了很多，直立的、垂吊的，各式各样的品种。粉色、浅紫色是我爱的，但妈妈希望我种一些喜庆的颜色，所以我也种那种最普通的红色大花天竺葵。不管哪个季节，每次她来我家，都能看到各种各样的天竺葵花。她在那些花前停留，是一种特别放松、愉悦的姿态。那时，会有幸福的暖流漫过心头。

陪妈妈去看花，两人说了很多很多话，给她拍了很多照片。镜头里这个老年的女人，不会摆造型，不会做表情。但她慈祥安静，身体放松。她也试着给我拍照，虽然大部分的照片失焦模糊，但是，看她眯缝着早已老花的眼睛，端着沉沉的相机对着我，那认真的样子，有一份老年难得的天真。所以，故意央求她一张张帮我拍，并极其认真地配合她的镜头做一些动作、表情。尽管我知道，留在相机里大部分都只是模糊的影子，可这又有什么关系呢，我们都很快乐。

妈妈极少给我们提要求，有时怕给我们带来负担和麻烦，所以，我有时会刻意让她为我做一些小事，她会高兴被需要。也尽可能做一些让她高兴顺心的事，哪怕只是在我的花园种下她喜欢的天竺葵。爱和善的种子，根植在心里，就会在安静中长出幸福的花朵。

有人说："这城市像日夜兼程的路人，踏马而来，浮华和悸动如麦浪一样在身边倒伏。"我们每一个人，都要去知晓幸福的答案，要在心里种下幸福的种子，主动去爱，继而被爱。那些爱与被爱，会一直在岁月的尘埃中，抵御着浮华和悸动，安安静静闪烁迷人光泽。

＼天竺葵＼

天竺葵的养护

　　天竺葵是对阳台党非常友好的植物，我家的天竺葵基本上一年四季都在开花。到暑夏 7、8 月，其他花都凋谢残败的时候，它们就是阳台花卉的主力军，撑起整个场子。

　　天竺葵喜欢温暖气候和疏松肥沃的土壤，耐旱不耐湿，土壤过湿容易烂根。每年 8 月中旬到 9 月上旬可进行换盆。天竺葵喜温暖，但不耐热，适宜生长温度在 10~20℃，夏季温度高于 30℃时，要将其放在阴凉通风处，而且天竺葵怕阳光直射，夏季要将其放在散光处，避免叶片被晒伤，影响植株生长。夏季对养分的需求较小，此时要减少施肥或不施肥。

　　天竺葵需要摘芯和打顶。一般 5~6 片有效叶子时打顶，去掉一叶一芯，留下 4~5 片大叶。打顶后，加强水肥管理，一般能长出 3~4 个强壮侧枝，这样就能让株型长得圆润饱满，开出更多的花。

• 做出你的选择

......

我珍惜这里的每一棵树，每一丛草
脉气相连，方寸间事物常新
我爱飞来的每一只蜻蜓、蜜蜂、蝴蝶
怎样的因果才能造就一次相逢
我相信在前世，它们和你，以及我
会有一种不能舍弃的关系

这些树次第发绿、开花、结果、凋零
再长出新芽，我灵魂中的黑暗
和似水的流年，渐渐升起亮色
任人世多疯狂与痴妄
我只沉湎于一种旧式的感动
你的花园里
每一株植物都有这样的身姿
......

——赵野《你的花园》

\买花是日常所需\

有一次傍晚，在路上和一个抱着鲜花的老太太擦身而过。她衣着并不华丽，但舒适整洁，长得也不是特别好看，但是脸上有浅浅的笑意。她在傍晚的夕阳里，抱着一大把未经包装修剪的鲜花，不疾不徐走在路上，整个人因为那束花，还有脸上的笑意而闪亮起来，罩在一种特殊的光晕里。不管她过去曾经历什么，她现在生活的真实状况是什么，我相信她内心一定储存了很多美好。那时，就在心里对自己说：即便老了，也一定要做一个抱着鲜花微笑的老太太啊！

周末，开心的事情之一，就是大清早去花市。看花农把带着露水雨水的花花草草逐一搬出，月季、茉莉、海棠、杜鹃，全都生机勃勃，一天的时光都明亮起来。选了自己喜欢的花，塞满车子的后备厢，载着回家的喜悦，胜过买了新衣和新包包。在太阳还没晒到的阳台听着音乐和土、配盆、移栽。痴痴恋恋地看一树的三角梅，又迫不及待地去看旁边的小茉莉，还有新绿初放的幸福树，每样都热烈却不潦草。即便是盛夏的家里，从阳台到客厅再到房间，居然感觉一路阴凉。劳作完，走到门厅拖拉门的入口处，半边身子还在阳光里，半边身子浸在室内的阴凉中。突然，起风了，门楣上的风铃轻轻唱起歌来。我总是站一会儿，看风铃摇动，某种留在体内稍稍凌乱的感觉，被慢慢清理平复。

比之买回现成栽种培育好的花卉植物，更喜欢自己扦插培育的过程。看着它们一点一点萌芽、分叶、长大、开花，感受植物的神奇力量。生长过程带来的种种不确定和惊喜，内心有无尽延绵的喜悦。于己，也不会因为得来太易，陷入无穷无尽的欲望，有过多财力上的负担。

一开始种花总有些贪多求全，在品种和数量的选择上都有点随心所欲。后来一点一点做减法，淘汰掉那些不适合自己的品种。有一段时间，迷恋于种多肉，买了很多，包括一些比较贵的品种，后来发现在四川闷热潮湿的夏季，阳台种多肉很难平安度夏，容易黑腐，阳光少的冬季不给辅助光又容易徒长。那时有点陷入种坏了买、买来又种坏的恶性循环。这样的执着其实是在和自己过于较劲，是一种不放松的状态，也没有惜物。后来，淘汰掉大部分多肉，只保留很少的普通品种，作为花草中的搭配点缀。

挽救一棵濒临死亡的植物，是特别有成就感的事。经常去花市，和卖花的老板彼此熟悉。有时看到被他们当垃圾扔在外面奄奄一息的花草，我会要回家，修剪、上药、换盆。一段时间过去，它们大部分会重新焕发勃勃生机，给你惊喜。植物的再生，其实也影射着我们的生活和生命：在你还没穷尽努力之前，真的不要轻言放弃，很多事，在你以为"山穷水尽"之时，它还有可能"柳暗花明"。

\普通的多肉品种也很好看\

当然，养护花草，也会遇到各种不如意：各式各样的病虫害，几年不开花，突然的枯死，等等。有一年夏天我出门在外长时间旅行，回家后发现因为家里人浇水不当，干死涝死好几棵植物，内心也会有沮丧和抱怨，但很快收拾起那样的心情。种花的初衷是为了给自己和家人一个舒适的环境，让大家心情愉悦。家人已觉抱歉，如果还要因为家人的照顾不当而去指责和抱怨，那就背离了自己的初衷。其他世间种种事，也如这般，即便你再喜欢，再努力，也许所做的事，所付出的努力，可能不过是一脚踏入空茫。"做热爱的事，并不意味着一切苟且行将消失，而是当面对苟且时，变得心甘情愿，继而心平气和。"

　　始终可以仰仗的，是对所做之事的热爱，是"人生还可如此"的倔强。遇到不好的事，要努力把它变成好的契机，所以，只是默默收拾起自己沮丧的心，重新整理，再建。

　　这个世界有千百种美丽，虽然自己喜欢浅淡色系的花，也并非觉得大红大紫就是丑。黑格尔在《美学》绪论里说："按照这种理解，美的要素可分为两种，一种是内在的，即内容；另一种是外在的，即内容所借以显出意蕴或特性的东西。内在的显现于外在的；借这外在的，人才可以认识到内在的。"由此可见，美是客观也是主观的，面对相同的事物，仁者见仁智者见智，有人觉得美，有人则认为不过如此。

所以，你只需做出自己的选择，种下你认为美的，你自己喜欢的花。

天竺葵的叶插方法

春季和秋季是天竺葵生长的旺盛期，夏季是它的休眠期，冬季温度偏低，也不适宜天竺葵生长，所以，天竺葵适宜的扦插时间是在春秋季。

选择自己喜欢的天竺葵品种，挑选顶端健壮的枝条，长度8~10厘米，斜剪或者马蹄形剪，把多余的叶片连同叶柄一块去掉，只留下顶端的两片叶子。如果留下的叶子比较大，需要把它的叶片再剪一半，这样能减少水分的蒸发，便于我们进行扦插。然后放在阴凉通风的地方晾晒，因为天竺葵的茎含有很多的水分，不晾晒，容易出现腐烂的情况。

一般我们可以使用沙来扦插，或者是用蛭石，还可以用腐叶、园土、再加入适量的沙混合好的土壤。具体使用哪种土壤，可以根据自己的情况来决定。

天竺葵扦插之后，需要时常给插条喷水保湿，这样才利于插条生根。不要将插盆放在直射光下，可以放到有散光的地方，等到枝条生根之后，就可以增加光照了，利于枝条生长。

\天竺葵\

与植物有关的一切。

• 那些有着植物气息的人

　　喜欢塔莎·杜朵，她独自一人在约 99 万平方米的土地上种花、种草、种果树，做手工，和小动物们生活在一起，带着梦想以自己感兴趣的方式过着她的人生。老年的她，脸上始终有着孩童般天真快乐的笑容。

　　也喜欢梅·萨藤，这个独自隐居的老太太，写字，热爱园艺生活，还有在沮丧和热情之间不停转换的状态，都很对我的口味。她说："现在我们仍然能做的事情，像烹调、编织、种花种草，总之任何不能仓促完成的事，已经所剩无几了。"她出门在外讲学旅行，看着骄阳似火，惦记她的花儿是否受旱，心里会发愁。暴雨倾盆中，她开车往家里赶，为的是抢救家里的郁金香。那些花与树，让她一次次从沮丧的打击中逃出来，恢复元气。萨藤注视花的视角有点类似微距摄影的感觉，就像一个镜头凑到一朵花的面前。对花的爱，她是很微观很细节的，她总是从花的整体看到花的局部，看花瓣，看花蕊，看光线在上面的流动和跳跃，这让人想起王小慧的"花非花"系列，它们又不仅仅止于明丽柔和，而是升腾而上，它们是放大了的，这样的视觉更像一只蝴蝶或一只蜜蜂的视觉，花蕊作为构图的

\上：'花园新娘'满天星　　下：三月的红叶李\

焦点，于是，花朵看上去硕大无比，有一种不可思议的广袤和性感，
是一种被放大的孤立。

两个女人所处的环境，对于花草的视觉并不相同，却同是被植
物之神眷顾的人。植物给予她们美、安慰、信心、灵感，还有力量，
写作和园艺，创造和享受，劳动和冥想，她们入世又出世，既热情
开朗又安静内省，都是带着植物气息的人，让人欣赏、喜爱。

因为种花，认识了很多爱园艺爱植物的人。他们并非游手好闲，整日只知弄花侍草，戴着草帽穿着白裙，喝喝咖啡摆摆造型，拍些照片获得一些点赞夸奖。其实，他们对待工作和生活，热情投入，一丝不苟，在自己的工作领域都颇有建树。他们的笑和煦温暖，带着植物气息。所言所行平易实在，有一种简单的善良和明朗的优雅，清凉自然。他们一个人跑步、逛街、去花市、搬瓶淘罐，又在细微处精巧搭配，人生观是开阔笃定的，不随波逐流也不落落寡欢。在四季流转和花朵的开合中，过着自己的美丽人生。

最好的朋友，也都是爱植物的人。阳台、花园、庭院，种满各自喜欢的花草。谁有好养又好看的品种，谁家的花开了第一朵，哪家花圃的花又好又便宜，我们都会在群里彼此分享。也分享那些花草上的阳光、雨露，各自在花草间的活动，还有与花草和生活相伴随的快乐、悲伤。植物和情谊连接着我们，天涯若比邻。

花草也是我的安慰剂和百忧解，尽管它们繁殖、生长、茂盛，也面临凋零、枯败和死去……知道这不过是生命正常的轮回，所以就算拾了残花，拔了枯枝，也是毫不留恋，决绝地扔掉。享受得住繁华，也要忍受得住落寞，还要有信心、有勇气在落寞的基础上重建下一次的繁华。不要奢求做每一件事都顺风顺水，都有超过付出的回报，悉心照顾一棵植物的过程，是一种心甘情愿的付出，其间的交付、寄托、给予，并非单向进行。照料陪伴它们成长的每一个阶段，就像经历一段一段的人生，不断地打怪升级，让自己成长。

• 治愈

电影《这个杀手不太冷》中的里昂，不论走到哪里，都带着一盆用生命精心呵护的银皇后。在他暗无天日的暗杀生活中，终日担心是否能够见到明日的太阳，只有他的银皇后替他沐浴在阳光之下，他扣动扳机结束生命的手，却温柔细致，一遍一遍擦拭银皇后的叶子。在暗黑冷酷的杀戮生涯里，这盆银皇后就像女主马蒂尔达一样，治愈了他，给了他无尽生机和光亮。

我喜春天。那些在冬天以为枯掉的植物，比如无尽夏和铁线莲，一夜之间便萌发无数新芽，并以让人惊讶的速度生长。它们明亮、鲜嫩、生机勃勃。每一天，那些萌发的枝丫和新开的花朵，都有一些幽微的变化。根据花草高矮、疏密、色系，重新搬动、搭配。在整理和期待中，所有焦躁不安的情绪都得到安抚，只是深深潜沉于劳作的快乐。植物的力量不可或缺，给人以砥砺前行的能量。所有努力，那些蛰伏、酝酿，终会破土而出。

某日大风大雨，下班回家，北阳台一棵幸福树被吹倒在地，几盆长寿花也被吹倒，盆土分离，横七竖八散落阳台，一地花盆碎片，一地雨水泥水。开车买回花盆，重新种植，清理，打扫，耗去几个

\ 窗外的绿色很治愈 \

小时，得以换新颜。看着重新漂亮的花境，好像那场大风大雨从未曾来过。想想之前拉开阳台门一瞬间的崩溃，其实不过是三个多小时劳作便可解决的事。

仿若，我们的周遭所遇，瘟疫疾病，霾气污浊，委屈怨念；对人性的失望，对正确的怀疑……真没有一样是值得沉溺太久的。时间流逝，总有新的东西去把旧的东西翻转、覆盖。

其实，凡人如你我，偶尔会作茧自缚，任何形式都有禁锢，身体的、职业的、思维的、感情的……用一颗得失心将自己绑得死死的，被生活中的变故弄得措手不及，有时甚至寸步难行。

"如果我不安，我将一个人静静面海"，这是亦舒的声音。同样遇到沮丧的情绪，每个人化解方法都不尽相同。有的人跑，跑到大汗淋漓；有的人睡，睡到天昏地暗；有的人吃，吃到肚滚腰圆……而我，只需要看看花，在家里，或去无人的乡下，便释放了所有的沮丧与不快。每个人，都该有一种方式，来放逐自己的灵魂，来走出当前的困境，来恢复身心的生气与润泽。我，是在与花草的共处中，在清理和劳作中，得到了治愈。

• 晨昏"种"一枚月亮

清晨

日暮

日暮时分
在明亮和暗黑的中间地带
树木和花朵在风中轻声呢喃
晚虫低鸣

月光和灯光交换着睡意
万物渐次沉入梦境
月光被揉捏成温柔的粉末
蘸满四季的颜色

在梦里描摹西江、塞外
也编织晚笛和稻花香
清晨，万物将醒未醒
月光带着清凉睡意

严丝合缝的黑夜被缓缓揭开
山林隐现，绿色皴染月的银钩
梦里的月裱在门楣外
昨夜编织的梦境，都化作今晨的花开

清晨和傍晚

喜欢早起，是因为很爱清晨的光阴。喧嚣未起，一切静谧、通透，仿佛世界只是我一个人的。万物有序从黑暗中苏醒，仿佛从暗房里一点点显影，日光徐徐，让所有的一切都舒展自由，温柔清和。

给家里植物喷水浇水，前日阳光下打蔫儿的植物全都昂首挺胸，生机勃勃，它们迎向我，有无尽的生机和欢快。

留出充足的时间，在一窗盛大的绿意前、在花间听着鸟鸣吃早餐是一天中最幸福的时候。有时是半熟小芝士、鸡蛋、橘子、燕窝粥，芝士稍稍甜腻，燕窝粥里的椰香清甜刚好综合掉一些甜腻；有时是苹果、稀饭、馒头、牛奶、鸡蛋就着咸菜。不管吃什么，让人觉得幸福的是，可以安心地在上班前享受这一段静谧。

带着喜悦的心情出门去，开启一天的工作，完成日常琐事。这样日复一日，享受从容不迫的清晨，幸福真的会开出花来。这种执着，不是无尽的欲望和贪念，不需要太多的物质条件作为支撑，是懂得妥善安排、节制和分寸，是一种简单的满足，在寻常事物中寻找平衡点，在身体的疲累中，适时放松，调理滋养，一种细微的对于生活全部的投入和热情，还有内心笃定而真诚的爱。

我爱清晨，也爱黄昏。清晨是渐渐鲜亮的静谧，而黄昏是在一天工作结束后的安心歇息。暮色缓缓四合，家坠入温柔的睡意。万物开始休憩的恬静，静而有序的消散，等待黎明。植物、家具、杯盏、书，它们各就其位，在不同的光照里有着不同的颜色变化。

夏日夜风清凉，冬天开着暖气。白天辛劳与付出的意义，在于暮色降临后的静美安享。给喜水的植物补水，收拾整理好，坐下来，放浅浅的音乐，看书也好，写字也好，发呆也好，每天能有这浮生一刻闲的时光，就觉得安适和喜悦。

而那些呼应家里花草、呼应窗外明月清风的灯，总会让人思绪万千。

总会有光，穿过暗的间隙，来照亮你。

想起羁留加拿大的孟晚舟，在归家航班上写的感言"一次次坠入深渊，又一次次闯入暗夜，曾让我辗转难眠，更让我刻骨铭心。"但是，她始终相信"万家灯火总有一盏给我温暖，浩瀚星河总有一颗予我希望。"

"没有在深夜痛哭过的人，不足以谈人生"，谁的人生都不可能一马平川，一片坦途。你所看见他人的云淡风轻、闲适安逸，是他人的生活方式，是他人的努力，也是他人的真实人生。你没有看见的，那些暗夜里的挣扎和眼泪，被伤害被出卖被陷害，那些为着生活历尽的千辛万苦，面对着的一地鸡毛，那些发不出声音的憋屈和无奈，那些狗血、粗俗和丑陋一面。只是他人尽可能地朝着积极朝着阳光并在污泥浊水里发掘生活中的欢喜和美感，并尽力不去抱怨，也不轻易去妥协。

经历的跌宕起伏，使人成长，使人在绝望之后依然对生活充满希望，去争取去改变去获得想要的结果，并依然朝向光明，心平气和走在强大的命运之路上，这便是一个普通人的胜利吧……

\阳光，植物，理想生活\

"与其困顿挣扎，不如心向阳光，冲出阴霾。"

要始终相信，总会有人点亮一盏灯，温暖你回家的夜。总会有光穿过那些黑暗的间隙，来照亮你。

在花园"种"一枚月亮

越近中秋，月亮越是浑圆，清亮好看。

想起小时候的歌谣，"蓝蓝的天空银河里，有只小白船，船上有棵桂花树，白兔在游玩。"是可爱的月，充满童年的想象。

也曾在夏日夜晚，坐在高高的谷堆旁边，看月亮在白莲花般的云朵里穿行，那时晚虫低鸣，凉风习习，萤火虫的光明明灭灭。是美丽的月，有着少年的诗意。

后来，读张若虚的"春江潮水连海平，海上明月共潮生……月照花林皆似霰，空里流霜不觉飞"——激滟的、明净的、寒冷的、温柔的月亮，纷纷潮涌而出，令人目眩神迷。

也读苏轼"明月夜，短松冈"；听欧阳修"月上柳梢头，人约黄昏后"；看白居易蘸着月光，挥毫《琵琶行》，"别时茫茫江

\ "海上" 生明月 \

浸月""春江花朝秋月夜"……缠绵的想思，诗意的浪漫，月下悲欢离合，月光就是诗与酒。

再后来，喜欢《滕王阁序》，王勃写"天高地迥，觉宇宙之无穷；兴尽悲来，识盈虚之有数"，他一定是心中闪现出无数个光阴飞渡的月夜，"清凉月光就像是披在他身上的袈裟，令他禅定，给予他一次次顿悟。"

喜欢这清凉月亮带来的无尽意象，在这花好月圆夜，"种"一枚月亮。

"花园"生明月，天涯共此时。

\在花园"种"月亮\

• 植物与器、字、书、食

与器

阳台种花有它固有的优劣势。劣势是受空间环境制约，不如地栽一样有大空间供其根系自由生长，缺乏各种丰富的生长元素，需要人为供给。但是，盆栽的优势就是可以根据植物的生长属性、形色，搭配不同的盆，并且可以随意挪动，任意组合出不同花境，让空间丰富流动起来。

塑料花盆材质轻巧、色彩丰富、使用方便，但不美，透气性、渗水性也弱。一般只作为育苗或养护期的过渡使用。瓷盆有很多颜色，造型简洁素雅，虽然排水性、透气性也差，但可以作为套盆使用，或者是栽种比较强韧性的植物。瓦盆便宜实用，透气性、渗水性都好，粗糙的外形和柔美的植物搭配起来，有种特别的美。水泥盆虽然笨重，但是拿来栽种一些大型绿植或者做盆景也很不错。藤条框、木盆、铁艺盆也是我喜欢拿来做套盆用的。换盆移盆的时候，有时一棵植物需要在不同的盆里反复试种，找出与它生长特质、外形、颜色最为相宜的盆。隔一段时间，就会认真整理一次家里，包括花草的重新搭配摆放，把长势不好或过了花期的搬去养护区，把漂亮的盛花期的挪到观赏区；一些家具的换位小调整，更利于日常所需；

\ 书房一角 \

把一段时间看完的书收拾进书房的大书柜，近段时间会看的书放到门厅矮书柜随手可及的地方。而其中最重要的事情，是每天都保证案头几上有新鲜的插花，不拘是一棵草、一根枝条或是一朵花……这样确实有些费时费力，不过却让那些看似单调重复的日子，有了很多新奇感，觉得日日常新。

一个家，大至整体布局，小至案头瓶花，归根结底其出发点都带着强烈的个体主观性，是个人性格、爱好的投射。大概是我喜欢自然安和的东西，喜欢简单明了的生活，所以我选择简洁、舒适的器物，也让家中处处花草绿植。

植物、家具、器物，往往需要人的互动。

案头瓶花，最喜宋人风格。北宋诗人俞瑊诗云："阶草侵窗润，瓶花落砚香。凭栏看水活，出岫笑云忙。"瓶花，是人与自然的心意传递，生机和绿意在曲折迂回中倾泻而下，与其他物件相呼应。它的出发点是人心，是人的情绪、情感、审美的外化。器物、环境、植物与人互动，才让一切有了活力。

烧香、点茶、插花、挂画，被宋人合称为生活四艺，是当时文人雅士追求雅致生活的一部分。宋人注重充实内在涵养与修为，通过嗅觉、味觉、触觉与视觉连接品味日常生活，美在温润、含蓄、恬淡，美在大气而朴实无华，将生活美学发挥到极致。

在当下的快节奏生活中，很多人浮躁又疲惫，从心底渴望一种优雅放松的生活方式，像宋朝人一样生活。

我们学宋人，并非生搬硬套地复原其形，表浅地附庸风雅，而是要从形至内，注重其内在静气和广阔。

宋人案头的瓶花、画里的山水、诗词里的情怀，都让人迷恋。那是无可复制的时代，我们要向往和追求的，是宋人富有张力的平淡、内敛、细腻，是在经历了人生的起起落落之后依然能够乐观面对、尝遍生活的万般滋味后，更能从中体会到的乐趣韵味。

美，应该是日常的，是刻意中的自然，也是自然中的刻意。当季有什么花就插什么花，春天有月季、雪柳、小手球，夏天有栀子、茉莉，秋天有红叶，冬天有郁金香……但不是非要好花好器，朋友送来小小一枝紫荆花，插在喝完龙井茶饮料的瓶里；路上捡到一片黄心红边的叶子，放在土陶瓶里；下班路上带回路边两棵草，在不用的茶叶罐里养了很久……它们也有属于各自的美。

\石头花器配郁金香\

\白陶瓶配一支李子花\

与字

种植、拍摄、书写，是我生活里最重要的底色，在任何晦暗或者难过的日子，它们所反射出的光芒，都能照亮我，陪伴我走过至暗时刻。

踏实用功写字的时候会很感恩那些遇见，在很多的同频里有一种温暖的踏实感，人变得柔和，注意力与情绪都不太容易被外界和他人牵扯影响了。但绝非麻木，而是更包容，更换位地去思考体谅，自然地守护着自己的能量和真性情，也更好地与他人相处。

写字这件事，已经变成生活的一部分，不是需要"坚持"，而是让所有辛苦和烦闷都有了化解和流泻的通道。刻意重复地练习也不觉枯燥，只要铺开纸，拿起笔，让墨色洇开在纸上，世界都安静而可爱了。

每一天，都好好用功，写字已经不仅仅是习惯，而是成了一种瘾。爱与不爱的帖，都可以满怀喜悦地去写。旧帖新帖，告别期待，一期一会，在当下有真切体会。成年之后，还可以如此投入，如此热爱着这样一件事情，真的很感恩良师的引领。每当拿起笔的时候，笃定而安稳，觉得自己更柔和，也更坚定了。

写字到一定时候，毛笔和硬笔都遇到瓶颈，很难突破。临摹阶段，不过是看清楚和想明白，看清楚别人的笔画长短，结构安排，字与行之间的距离；想明白人家落笔起笔的力道，心绪怎样支配笔画起转承合地流动。而真正想要有所突破，则在基础功力的积累，多方位文化素质的融合，自我意志的锻炼，以及心绪自如地控制……如果这些没有累积到一定的量，机械地重复只在固有的水平徘徊。索性停下来，逐一弥补填充，再去说突破。这样的境况，于其他事其实也同理。

而经由写字这件事，学习力和感知力提升，在日复一日的凡尘琐事中，认真而努力地工作生活，也同时感受到周遭平常的有趣，觉得世间万物越来越可爱。

　　每次坐在屋里喝茶写字，视线的余光刚
好在屋里的植物花朵上，那些绿，那些红红
黄黄，那种感觉到的，直觉到的快乐和幸福
是文字写不出来的，是长在身体里的，自然
而然的，从每个毛孔窜进窜出。

写字累了，会站起来走走，去望向窗外的绿叶和花朵。门厅外的那盆薄荷，每次路过它，都忍不住用手轻捻一下它的叶片，坐下写字的时候，淡淡的薄荷香会随着手的移动散发开来，持续良久，每个字上仿佛都沾染上了香气。

练习隶书时，觉得有一种古朴庄重的美感。落笔之前，一笔一画必须了然于心，下笔不可犹豫，不可急躁，也不可拖泥带水。运笔时需要气息的平稳，专注于心手相一，这样的过程，恰好可以体会平静、素直、坚定、内省的含义。

写字写到《张迁碑》，刚好人间四月天。

屋外绿意葱茏。蓝目菊、月季、铁线莲、天竺葵都开得正好，每天数一数那些即将要开放的'龙沙宝石'和绣球花苞，日日都有惊喜。

写字的时候，春天的风会拂动窗帘，带来微微暖的、浅浅甜的、淡淡香的味道。写那些圆的、尖的、方的点和横，直的、弯的、斜的挑。切笔，铺毫，收笔。笔尖斩截切下或是挺拔提起，心里都有暖流缓缓跟随。

《张迁碑》并非是第一眼就爱的字，却在一周的习练后，深深爱上。

它茂朴、拙巧、率意又天真，那些随形布势、夸张变形、错落穿插、笔画的避让、空间布白的处理、挪让呼应、顾盼有情、憨态可掬，在平正与险绝的错落中表现得淋漓尽致，看似简单，实则妙趣横生，真的是稳而不呆，笔短意长，是"险绝"后"复归平正"。

又想起木心在《鱼丽之宴》里说过的话："很多人的失落，是违背了自己少年时的立志。自认为成熟、自认为练达、自认为精明，从前多幼稚，总算看透了、想穿了。于是，我们就此变成自己年少时最憎恶的那种人。"

写字重要的都是当下真心，无艺之艺。自我遗忘的训练，达到一种童稚的纯真状态；放下更多的自我投射，变得无所求。昨天画下的那些线、写下的那些字，不管好坏，都让其过去，专注于今天的练习，专注于过程。气息的平缓，自在的姿势，更好地建立笔、纸和心的关系。就像老师说的："不和自己较劲，这很重要，要'得自在'。"

做人，也是如此。

有人问："听说你在练书法，写到哪种程度了？"

嘴上回答："入门阶段。"

心里回答："写得很高兴和享受了。"

又问："有没有参加什么协会之类？"

嘴上回答："我的水平还不够，还需要努力。"

心里回答："写字这个事，于我，就是自娱自乐的事，它的快乐就在于不依傍外界和他人所获得的快乐和满足。何必非要把自己囿于某个圈子。"

很感谢与《九成宫醴泉铭》相伴的夏天。

通临到第四遍，欧阳询身上理性、冷静的气质真的会触动自己。用耐心，一点点接近细节。能够体会到、享受到他的那种安静克制。

已经很少看电视，看手机的时间也越来越少，不是越活越漠然，相反是更用心、更竭尽全力地在生活，深爱这细碎平凡的每一天。

"没有人真实地看过世界，看过生活。我们看见的，是自己选择的那个世界。世界的根源是世界，而不是概念。物质的本质还是物质，不是定义。"

踏实而真诚地活着，就好。

我看见那些自己写下的字，在植物和花朵之间，带着绿意和光芒，闪闪发亮。我拍下它们，它们是我努力学习和生活的明证。

生活常常也有一地鸡毛，写字、种植、拍摄于我，并非逃遁与躲避，而是一种脚踏实地的依傍，真的就像在兵荒马乱之中，置一片桃花源给自己。在纷乱流离，动荡不安中，始终有一条清晰的主线，真真实实地站在地上，完全把控自己的时间，不依傍外界，自己嬉戏游玩。

\用写有字的纸来包花\

与手工

　　闲暇的时候，喜欢做一些手工小布偶，网购各种花布头、蕾丝花边、皮肤布、珍珠棉，再找出家里的各种旧毛线、闲置配饰。

　　在心里想好自己要做的主题，选布、配色，在暖风微醺的春日午后，或是晨曦初照的冬日清晨，开始这样的手工劳作，的确是一件快乐的事。画图、裁剪、缝制、塞进珍珠棉、封口，布偶的身体渐渐成形，这是一个相对漫长的过程，同时需要耐心和细心。有时一边听歌一边缝制，飞针走线的当时，稍不留神会扎到手指。有时会走神想一些琐事，不经意把该留的牙口也缝合上了，只得拆开重来。于是，会潜意识里强迫自己专注在手中的小活计上，沉下心来投入到简单的劳动中。做衣服是一个更为细致的过程，样式、大小、反面缝合的对接，它要求你得具备设计师、制版师、裁缝的一切技术。

用细线勾勒五官的时候，要想着最终想要表达和呈现的主题，娃娃的情绪，它们最终要搭配的发型、服饰。眼睛之间的距离，眼光看向哪里，嘴角上扬的角度，都要有统一的预先设想。然后再一针一线去表达。

愿意把时间浪费在这样的琐碎里，即便某些程序会反复数次，却依然可以做到平心静气，内心会退回到一种不厌重复、无忧也无惧的状态。这样的手工劳动，近似于一种动态的"禅坐"。阳光下，灯光下，风里，花与绿叶间，做的都是自己喜欢的事，身体与心灵都同样笃定而轻快。

缝制好的布偶，在拍照留影后，大部分送出给朋友。即便很多年后，我还看见它们陪伴在朋友们的身边。它们从一堆零散的线头布片，经由我的双手，最终变为各种各样的布偶。虽然线头可能不齐整，成品也算不上精美，但每一针每一线，每一个程序和动作里，都是真心。我希望我的朋友们，在世间洪流中行走，不管经历什么，也能一直好好呵护住自己内心里的那个最初的孩子，纯真而快乐。

\手工布偶\

与食

　　对于生活，任何时候都要有不将就的态度。即便非常时期，需要待在家里，也要洗脸梳头，收拾妥当。即便是些看似无用的东西，譬如器皿的搭配，餐垫的选择，插花或盆栽的陪衬。每天早上孩子的早餐，煎蛋盘的边上一定要摆上薄荷叶，嫩黄和碧绿看起来的确很赏心悦目。在兼顾热量和营养的同时，包含着爱与美好，对待事情的认真细致。孩子的每一天，从坐在餐桌前开始，应该是从容不迫美好的开始。对美好事物的追求，是一种生活态度，更是一种能力。他需要一个母亲静默中的引导，来习得这种能力。

　　每日下班，放下包洗净手便奔向厨房，从系上围裙的那一刻开始，心要慢慢沉静下来，食物是会包含反映人在当下一刻的

\在每一道菜式里体现美感\

情绪的，所有的食材、盛放的杯盘、碗筷以及每一件器皿，当以尊重之心细致对待。烹煮的过程专注和珍惜，喜悦和期待，是可以在每一道菜式里体现出食物最该有的美感。原料的新鲜和应季，滋味的清淡或浓烈，分量的适宜，盛放器皿的形状、颜色、质地。所有的过程应该是一种整体的活动，是技艺、情绪、精神、审美、味道的相互作用。

即便生活有时无奈和粗粝，也不该自甘堕落和潦草。临近中午，在家做牛排，西兰花清洗、过水。植物油烧熟后冷却，大蒜细细捣成蒜蓉，等到加进调味完全拌好摆盘。然后橙子去皮去籽打汁，红提和越南青橘洗净盛于水晶碗。擦拭刀叉，直到它们发出清冷的光泽。最后才是煎制牛排。每一过程都耐心、细致、认真，仿佛在这样的过程里已经被自己营造的气氛喂饱。即便最后真正坐在桌子前吃完一盘牛排的时间不过二十分钟左右。但那时有淡淡的花香和微微的阳光，便觉得所有的付出都是值得的。尽管这样一来，有许多盘盏需要清洗；午后还有许多的工作和家务需要完成，但是，在那么一段时间里，在看来耗时耗力的过程里，全心全意地对待自己，不苟且，不将就。看到和感受到烟火生活给予的美好，无限的欢愉，生活山高水阔。人生往往是因为一些看似无用的细枝末节，才让人不过于分出精力去关注过多负面的东西，才一点一点、一段一段地充盈和多彩起来。

\ 日常的仪式感 \

与阅读

　　因为对自然与植物的喜爱，这些年重复读了几次《瓦尔登湖》。很多年前好朋友赠予这本书时，只是碍于它的名气，为了"看过"而看，内心的共鸣和体味肤浅单薄。多年以后，再次读起，那些简单的生活日常，离群索居对景物与孤独的享受，对种种自然馈赠的感恩珍惜，从外到内一种最为简单生活的可能，都深谙其味。坚定自己方向的同时也接纳不同的状态，对自己，对他人，没有绝对对错的衡量评判，太容易觉察到人性的弱点、贪婪、自私、软弱、局限……以及关注到恶，并不是一件好事。不能被往下的力量拖着走，而是应该有自己的信仰。真正懂得万事万物的因果，才能一直保持内心的明亮，才能取舍自己的思想、行为和语言。所有的存在

皆是自然合理，没有谁比谁更聪明，没有谁比谁更高级。难得的是接受不同个体属性当下存在的合理性，并始终能从沉重的生活里迈出，从自然和植物中得到疗愈，找到瞬间的美好。

重读一些书，会慢慢发现，当年读过的那些字句，仿佛被重新打断，离散，重组，汇成新的意象。书中人物的某些行为、想法，似乎恰好契合自己的行为、想法。一些当年不曾理解的东西，而今豁然开朗。其实，读书从来都不是单纯的字面堆砌或简单呈现，它越过理性词语的逻辑构造，越过地域人文的外在差别，与读者个人的经历、环境、生活、气质、个性密不可分。只有与生活的知觉联系在一起，才能打开生命的通道，来做一个完全自我的解析与重建。

春天，在花间读王小波的《爱你就像爱生命》，那些句子，温情美好得就像这春天的绿叶和花朵，春山澹冶如笑，风光鲜洁。看他娓娓说给银河的那些话，如三月的暖风赶走寒冷，让人从阴冷的冬日中走出来，走到春暖花开的世界里。

平时看书很杂。看古龙、金庸，也看村上春树和张爱玲，看王小波也看庆山，看王小慧也看李娟，看王朔也看木心，看米兰·昆德拉也看熊培云……我买回他们的全集反复阅读。当然还有很多单本的书……就像写字写一个帖爱一个帖一样，我无法说出更喜欢哪一本书，读过的每一本书，似乎都很喜欢，愿意一读再读。

除去功利性的阅读，除去专业学术性的阅读，每一本书里，都会有某些字句，某些片段，穿越时空与你遥遥共鸣，阅读者与写作者，眼睛与笔端的连接，妙不可言。"其实，读过的书，十有八九会忘记。就像竹篮打水。

\ 在花间阅读 \

但竹篮在每日打水的过程中，被清洗得很干净，这份清爽感，便是阅读的快乐吧。"

很庆幸自己在快捷资讯盛行的当下，还一直保持着对于纸质书籍的爱好。时代的变化牵动个体的悲喜哀愁，作为这大千世界中的一粒微尘，我们应该护住正念，多些悲悯和良善，多些爱与被爱。

与拍摄

　　有时会问自己，到底是因为喜欢拍照，才种了那么多的花？还是因为种了那么多花，所以学会了拍照？这类似一个"鸡生蛋还是蛋生鸡"的哲学命题，时间上的无限因果链条终究是一个超实证问题。

　　抛开这个无维空间和有限宇宙的存在论证，我单纯地认为拍照只是为了记录当下。因为每一根枝条，每一片叶子，每一朵花都只在此时此刻，下一秒都不复旧样。世界上也从来没有相同的两朵花、两片叶子。而植物与花朵，它们在阴天晴天，清晨傍晚的光线下，在与家具器物的依傍中，每发生一个变量，都会呈现新的关系。而相机的取景框范围，还有拍摄者位置的移动，以及相机参数的不同变化组合，综合起来，拍下的每一张照片，都有唯一性。

\ 拍下眼睛看到的美 \

　　春天枝头的花朵、夏天窗外的绿意、秋天多彩的植物、冬天暖暖的阳光，这些都让我深深迷恋，但它们稍纵即逝。我留不住的，照片会替我留住。有时看到美好的场景，看着游走的光线，频频按动快门，会忘记吃饭，不想睡觉。忘记了会变黑长斑，任凭阳光曝晒脸上。

　　常常挪动家具、植物的位置，搭配各种器具、小物、书、字来"摆拍"。别人也许会鄙夷这种行为，但我并不在意每个人拍摄的出发点不一样，所以不必用一些概念和标准去强行要求。我拍摄的目的只是为了记录当下，"摆拍"只是为了获得更多"悦己"和"好看"的可能，是一种反复的实验与练习。

怎样的一张照片才算好看呢？空间的组合，色彩的搭配，摈弃基本的技术理论，看似客观的存在，其实更重要的是主观的取舍。"你的气质里藏着你走过的路、读过的书以及你爱过的人。"其实一张照片也是这样，它体现你的性格、爱好，以及你那些密而不说的内在。

专业的风光、人物、场景等摄影作品，看多了，却免不了的视觉疲劳。与朋友讨论过各种影楼拍摄的婚纱照，女孩面对的是自己千挑万选的爱人，可是她照片里的表情与眼神都免不了拘谨。摄影师告诉你该看向哪里，你的头该俯仰多少度，你该抿嘴还是该大笑……别人指挥出来的样子，怎么都缺少灵魂。相反，喜欢一些并不全部依靠技术和器材支撑的作品，或许是技术到达另一个高度的作品，它记录的同时也在无声地讲述，即便是小众的审美，却更具备时间和空间的流动性与传承性。

一个漂亮的女孩，在朋友圈里晒出自己很多的照片，照片下写着："不是拍给你们看的，是留给我自己的回忆。"想起艾小科的自述："为了记得，这就是我一切写作的起点。不管是影评、书评还是随笔，写作的目的只有一个记得，记得自己曾经用力地生活与思考。"

我想，拍下那些盛开的花、变幻的四季颜色、看过的书、阳光投下的影子、写下的字，也只是为了记得……

对于我来说，在漫长的时间轴中，每一张照片都像是一扇门，推开它们，看到那些种过的花，它们曾怎样装点了我的生活；那些明媚的光，它们怎样透过暗的间隙，来照亮我；一起看花的人，笑过哭过的生活……我忘记的细节，照片都替我记得。与之相伴的事和人，还有彼时心情，一帧一帧，把我过去的人生细节串联丰盈起来，变得立体。

因为在公众平台不定期分享图片，会经常看到自己的图，在各大平台被除去水印被调色被加进一些奇奇怪怪的东西，被署名为他人，被二次或三次取用。那时心里会是一种奇怪的感觉，就像一个人，本来感觉自己已经收拾妥帖，舒舒服服去散个步。可是又被强行搽上各种胭脂口红，穿上各种奇装异服，拉出去展览。

拍摄并不容易，并不是随便摆弄几下，啪啪啪按几次快门就可以了。一张照片是无数因素的叠加，它是有体力、精力和财力成本的。需要添置搬动各种物件，搭配出合理空间和色调；需要等待天气和光线，早起晚睡或者错过饭点；图片要呈现出美是客观也是主观的，所以需要不断地去学习、实验。呈现一张满意的照片，有时背后是晒着太阳或淋着雨或饿着肚子。这一张还有可能是拍了几十上百张后选出来的最满意的一张……那种随意盗用，其实是骨子里没有丝毫的尊重意识。

常常觉得，能够用拍摄来创造一些美好并分享传递这种美好，于我而言，那是一种喜悦，它常常在我心中轻轻拍翅，盘旋而歌。

\拍下生活中的美\

我希望自己可以一直带着这种前路必能
见到繁花盛开的心情，继续漫步生活，
记录我的花草，分享生活中所见所遇的
美好。

当焦虑时，我们能做什么？

朋友说："很羡慕你现在这样平和安静的状态，怎样才能让自己从焦灼的状态扯脱出来呢？"其实，真的没有谁的生活是一帆风顺的，那些看似风平浪静的生活后面都有无数暗流涌动，我们身陷其中，与生活周旋，与困顿过招，如果找不到适当的让自己从焦虑中解脱的方式方法，我们的确会生活得很困苦。我的方式有以下几种。

阅读，主要是纸质阅读。远离电子产品，避免无用的资讯干扰，看一些积极、正面、能让自己安静下来的文字。在阅读中获得正能量，看到更多美好，让自己趋向美好。

运动或劳动。不要放任自己瘫软在沙发或床上，咀嚼放大自己的焦虑。让自己动起来，运动或劳动后，在排出汗水的同时，也会释放焦虑。同时，运动可以让自己更好地保持健康。劳动，比如收拾或整理屋子，使生活的环境干净有序，这些都是缓解治愈焦虑的良方。

种植花草。花草的治愈能量于我真的非常大，适时地修剪花枝、换盆、浇水、施肥、搭配，看它们发芽、开花、结果，感受生命的蓬勃神奇。如果不具备种植的条件，那就去郊外走走，看植物、流水、花开，听自然的声音；又或者为自己买一束花……只需要很小的投入，就可以获得诸多美好。

书写。不去求写的字有多好看多专业，专注于写的过程，享受一笔一画中与笔墨纸的相处，训练自己的专注力。当你的心能够安住于当下时，你就不容意被外界影响、被焦虑裹挟了。

另外，还有拍摄、吃美食、听音乐，找到能够安抚自己的小物件，找志趣相投的朋友逛街聊天，等等。

总之，不要任由自己的焦虑放大，向内完善自己，找到适合自己的方式，解脱出来，让自己内心逐渐强大。

生活如此可爱，值得我们欢欣前行！

当时共你看花人。

• 春天，风里有诗句

巴巴地活着，每天打水，煮饭，按时吃药

阳光好的时候就把自己放进去，像放一块陈皮

茶叶轮换着喝：菊花，茉莉，玫瑰，柠檬

这些美好的事物仿佛把我往春天的路上带

所以我一次次按住内心的雪

它们过于洁白过于接近春天

在干净的院子里读你的诗歌

这人间情事恍惚如突然飞过的麻雀儿

而光阴皎洁

我不适宜肝肠寸断

如果给你寄一本书，我不会寄给你诗歌

我要给你一本关于植物，关于庄稼的

告诉你稻子和稗子的区别

告诉你一棵稗子

提心吊胆的春天

——余秀华《我爱你》

\每年三月都去看的花田\

　　每年一到春天，就特别的忙碌。好像还没准备好，春天就扑面而来了，才刚刚闻到暖风的味道，油菜花就已经黄得铺天盖地，李花到了盛花期，桃花也开始争先恐后。以至于焦灼地急于奔向春天，却又惶惶地不知道该奔向哪里，去了这里，总会错过那里。所以每年的这个时候，只恨自己分身乏术。

　　三月，动心起念，最先去赴一场花事。

　　峨眉山附近的一个小村落，一条窄而弯曲的碎石路，车子循着翠色大湖盘延而上。植物葱郁、草木茂盛，紫色豌豆花，黄色油菜花，白色李花穿插开放，农舍零星散落，古老的梨树围绕房舍，梨花正开得妖娆。一面大而翠蓝的湖，名叫观音湖，静静地蜿蜒在山谷里，蜿蜒在绿树繁花之间。这样的地方，让人想到"清朗"，想到"花好月圆"。脑子里一直浮现这样的画面：如果傍晚月亮升起，静坐湖边，听鸟叫虫鸣，看花的影子投在湖面，大概真是会物我两忘吧！只愿长在此山中。

\古老的桥\

　　和他总是一大早去山间，那时雾气蒸腾，晨光如舞台的追光灯一样倾泻下来。走一座古老的桥，立在桥头吹着春天的风，听空山鸟语与脚下溪流水声，看绵延的花田，白鹭拍打翅膀掠过灰蓝天空，只是站着，就已经很美好。

\想做这样一棵树\

看到山崖边的那棵花树，对它说："如果有来生，我真的想做这样一棵树。"这不是牵强的诗意附和，而是一种轮回中的意愿和自知。有那么些时候，看天上流云，仿佛看到自己的过往，轰隆隆地倏忽掠过，曾经百转千回，却缓慢而坚定地确定下自己真正想要得到的东西，有了纯粹而坚韧的原则和目标。一个人的生活态度，它并不是简单的悲观或乐观，颓废或积极的问题，它是一个过程：理解、包容、原谅、珍惜……对自己说：就这样吧，我的人生，已经很不错了，抓住现有的幸福，珍惜身边的人、爱与友谊，放开偶尔小小的不如意。

有时，邀约友人几个，沿着竹林间的石板路往高处慢行，茶树嫩绿的春芽在露水里等待采摘，繁花盛开的李子树在茶园生长弯曲成好看的穹窿。衣衫拂过，晨露滴落。没有人，只偶尔看见一座农舍，听得几声狗叫。走了很久，碰见一个小男孩，说可以攀爬穿过他身后的竹林，看到悬崖。于是，继续沿着林间小路上山，穿过竹林，果然临于一面绵长深峻的悬崖，山崖边的大树正以轻快的姿态发出新芽。吹着来自四野的风，极目望去，满山李花如雪，观音湖在脚下如一面巨大的镜子，照映天界奇景。在高山之巅，横渡竹林，走到悬崖的另一面，山坳里，一大片李花跳入眼帘，古老木屋掩映其中，明明是朗朗白日，却觉得如沐月光，眼泪又要掉下来了。拉着竹子有些跌跌撞撞地下山，踩着青草露水花瓣走入李子花田，在若有若无的春阳里，湖边山崖，支上桌子，喝茶、聊天。聊些什么并不记得，只记得大家浅笑盈盈的脸。在风吹落和扬起花瓣的时候，拍下一张张照片……

当地人习以为常的景致，于我们，已是诗和远方。

\与友人在花间\

• 桃花已开满西山

"最最喜欢你，绿子。"

"什么程度？"

"像喜欢春天的熊一样。"

"春天的熊？"绿子再次扬起脸，"什么春天的熊？"

"春天的原野里，你一个人正走着，对面走来一只可爱的小熊，浑身的毛活像天鹅绒，眼睛圆鼓鼓的。它这么对你说道：'你好，小姐，和我一块儿打滚玩好么？'接着，你就和小熊抱在一起，顺着长满三叶草的山坡咕噜咕噜滚下去，整整玩了一大天。你说'棒不棒'？"

"太棒了。"

"我就这么喜欢你。"

——村上春树《挪威的森林》

春天里，半空里的光线有时会忽明忽暗。敏感的人，在季节变化时，最容易无端生感慨。阴霾的天，怕心跟着潮湿。每天站在衣橱前，让花花绿绿的春装在微明的天色中早起，陪他去走一条春天

\桃花开满西山\

的路。是晴朗而柔和的天气，所有的东西正从黑暗而迟缓的时辰转换到光亮而富有弹性的时刻，行人尚少，万物从容不迫：紫荆、虞美人、桃花正开得热烈，涨溢出无尽的欢乐；樱花、玉兰、海棠花事已末，纠曲的树皮上有一些纯洁的芽枝正等着苗长；路边冬青、天竺葵、紫樱、红花檵木各自发出嫩叶，所有的叶子都好像被雨水洗过一样，光亮而有生气。有白鹭随着唳声飞起，低低地掠过城市中心的森林，停在湿地的沼泽上。路边人家炊烟袅袅，大白狗安静地卧在屋檐下，晨跑的人渐渐增多，蒸腾的雾气慢慢散去。

几树桃花，站在花树下仰望那些层叠花朵，有些冷风的迷乱天空下忽然充满了某种超现实的温润之感。一对散步的老人口罩里露出微笑，一个骑车上班的年轻女孩紧了紧衣领……被华丽楼宇切割的城市柔软起来。想起爱因斯坦的一句话："时光的流逝，只是人的错觉。"是的，该谢谢这句话，让很多本来觉得沮丧伤怀的事，在经历了时光流逝的错觉之后，只留下一种安详的回忆。

也和他去清晨的空空春山，坐在桃花林里，看云气氤氲山间，接下桃花上的露水，泡一盏茶，想那样一直坐到地老天荒。

"雨过天青云破处，这般颜色做将来"，想着宋徽宗梦里的青色天空，似是隔着千年的光阴，却是如今这般触手可及温润柔美的瓷器。想起一些不圆满的事，也渐渐释怀，"茶喝七分满，饭食一小半。花看半开，酒饮半酣……"当我们真正懂得舍满求半时，才可以给自己留出足够的自由和通透，人生也才有余量来承接更多。

年年如此，有爱的人陪在身边，看春华秋实，已是满足。

心里有首歌一直在循环：

\桃花开满西山\

此刻我在远方思念你

桃花已不觉开满了西山

如梦的旅程因你而觉醒

涌出的泪水模糊我双眼

从人间到天上从天上再到人间

这生生世世的轮回变幻无常

美人你一直是我的春天

你是我生命中的世外桃源

——许巍《世外桃源》

• 八仙洞——年年都去看的紫藤

藤花无次第，万朵一时开。

不是周从事，何人唤我来。

——白居易《陈家紫藤花下赠周判官》

喜欢的作者在文字里写道："每年和朋友结伴而行，或者独自前往去看春天的花，已经成为生活的一种仪式。到了后来，不再思考是否能够找到谁一起去看花，只是随性而往。有人出现陪伴一程，那是额外的礼物。它从来不是理所当然。"

想起假日，与朋友翻山越岭，只为去遥远的村落看一棵树。最终看到那棵树的时候，它并没有照片所呈现的梦幻和惊艳。可是这样的结果已经不重要，重要的是与朋友一道为出行倾心准备，一路邂逅的苍翠山林与碧蓝大湖。即便走错路，也随遇而安。

八仙洞的紫藤，又是一年繁花季，清晨去废弃的厂房外看紫藤，已经成为每年这个时节的一种习惯。与朋友的约定，有的早了，有的迟了，我们错过这场花事，总会遇见或等待另一场花事。它在心里，如同彼此珍惜的情谊。

\八仙洞的紫藤花\

　　春天清晨的太阳温煦明媚，紫藤花在白衬衣上留下好看的影子。你看到山野间开得自由热烈的花朵，铺天盖地的桀骜气场，被一种深沉而奔放的美所震撼。你拍下照片和心爱的朋友分享这样的美。电话里你跟朋友说起你的造园梦，你相信他会理解，这绝非小资思想作祟，脱离现实的诗与远方，而是根植于心的喜欢。你并不觉得目前的生活是苟且，而是热爱并努力于当下。只是年龄越大，就越明确知道自己真正想要的。当你怀抱简单梦想的时候，会觉得自己很幸福，很容易对人包容，表达善意，被一切美好所感动，愿意自己变得更好。而当成长、经历后，对于已经过去和即将到来的都已无所畏惧，并容易为微小事物感动，你深深共鸣于这样的话："总有一天，你会站在你曾经望不到的地方。"

曾经以为某些东西遥不可及，某些人高高在上，某些事力不能及。等你真正经历、成长后，会发现你在思想上已经达到某一高度，是一种好像拥有很多却很轻盈的状态，你可以以平和心去俯视你曾经仰望的一切……

陪我看花的人，还是身边人。从废弃的房子楼梯爬上屋顶，背面的楼梯已失去护栏，下面是深不可测的崖壁。他始终站在楼梯的那面，侧着身子让我先过去，并伸出手小心地护着我。想起自己去年在紫藤花下的孩子气，我们总是喜欢把最坏的脾气给最亲的人。想起这一年来自己貌似越来越好的脾气，所谓施与受，从来都是相对于彼此。喜欢随着年龄增长，越来越平和、包容的人，唯愿自己也能够如此。

• 金川梨花——行走路上的爱和友谊

我想和你一起生活

在某个小镇，

共享无尽的黄昏

和绵绵不绝的钟声。

在这个小镇的旅店里

古老时钟敲出的

微弱响声

像时间轻轻滴落。

有时候，在黄昏，自顶楼某个房间传来笛声，

吹笛者倚著窗牖，

而窗口大朵郁金香。

此刻你若不爱我，我也不会在意。

——茨维塔耶娃《我想和你一起生活》

一到春天，不是在看花，就是在去看花的路上，或者是在想着去看花。只因 Angela 给我看的一张图片：蓝天白云，褐红峡谷中，梨花如云霞……去金川，一定要去，这样的念头便像三月的野草在心里疯长蔓延。我再一次无可救药地沦陷了。

从乐山到成都，浑浊灰白的天空一直压在头顶。车进紫坪铺隧道，空旷、幽深、冷清、黑暗。渐渐，能够看见洞口映出洪亮云天山影。一出隧道，朗朗春日天空，湛蓝清澈，一条翠兰大湖宽阔如镜面，大鸟舒展的影子掠过连绵深邃的蓝紫色山岭。过汶川，经理县，山间路旁，绿林间大树小树盛开粉白色无名花朵。新长的树叶反射太阳光芒，深绿浅绿在微风中反复翻腾。情绪里那些压抑，开始自由地，放肆地，愉悦地流泻。

途经马尔康，在卓克基土司官寨短暂停留，沿着石阶上去，在恢宏寨院迂回的通道里行走，只听得见钝重而颤动的足音和呼吸。阳光从天井落下来，院落光明温暖，四周房间阴冷灰暗，院落外的各种刑具虽已锈迹斑斑，却仍然让人惧怕生寒。一个中年男人坐在门口守着这空荡荡的官寨，慵懒寥落。曾经的盛世繁华如今都已成过往云烟。

继续前行，零星的梨花出现在河谷山间。转过一个弯，车子毫无防备地驶入梨花林，前车扬起地上的白色花瓣，这是一场幸福的花瓣雨。慢慢，慢慢，越来越多的梨花闯入视野，完全进入一个崭新天地，想拼命忍住内心的激动，心脏却又有些忍不住地微微跃动疼痛。而当第二天一大早驱车追寻光源行至山顶，看阳光一寸一寸打在对面山脊、村庄、河流、红色和绿色梯田、白色梨花海洋……

\金川梨花\

如同暗房里滴入显影液，一切慢慢清晰，细节彰显，头一天傍晚的悸动反倒慢慢平息下来。站在高山之巅，瞳孔需要点时间，慢慢适应这天堂般的景象；毛孔需要点时间，渐渐感受这绿树繁花的清凉；头脑，也需要点时间，慢慢相信这只是普通居民的山谷而不是神仙居住的地方。我们心怀热忱，不远千里跋涉而来的每一个步伐，在此都是值得的。

循着窄窄的山路慢慢往下走，花林间红白相间的农舍若隐若现。偶尔碰到田间的农人，他们一点一点，一砖一瓦，一草一树，建造出来安放自己身体和梦想的田园。把车子的天窗打开，白色繁花开在蓝色天幕上。身子探出去，按下快门的同时，也开启自己梦想田园的建造之门。在命运的旷野里，我们再次清楚地看到自己。

沿着山路上山下山的过程，一边是乱石嶙峋的崖壁，一边是深不可测的悬崖，步步需谨慎小心。即便如此，你也千里迢迢，带我穿越河流山谷，翻过崇山峻岭，去看这朝思暮想的美。

因为旅途的颠沛流离，也必须照顾大家的行程情绪，所以，无法做到一一拍下自己感动心仪的场景，也无法随时随地记录下内心情绪。山谷里的河流，发出新芽的老树，高山上的村落，孩子的笑脸，老人脸上纵横的沟壑，飞掠过苍蓝天空的大鸟……有些只是惊鸿一瞥，技术和器材都谈不上摄影，有时甚至来不及拍一张照片，有时拍下了照片也难免粗鄙。但是，总会在自己以为忘了的时候，看到照片中和照片外的自己，行走在路上的故事，朋友间的相互照顾，一起欢笑，让人感动的爱和友谊。

这，便是这场旅行中最让人迷醉和感动的核心。

\ 梨花如云霞 \

　　晕车的人坐在副驾的位置，也同时负责给司机送水喂食。坐在后座，可以脱了鞋子把脚蜷缩在椅子上，或者伸到前座的上面，渴了就喝，饿了就吃，累了就睡。唱歌，跑调也行；讲笑话，带点颜色也可以，是可以这样随便相处的朋友，是可以一直开着车说"我不累，你高兴了就行"的人。

　　希望你可以多睡会，吃饭时候给你说要多吃肉才会长肉，早晨却又起很早带你去高岗，看光线一寸一寸打在对面山脊。即使是喜欢沉默和孤独的人，也会被轻易地感染，温暖和情谊在内心缓缓延伸。并未同行奔赴同一目的地的朋友，保持着微信和电话联系，关于路况、风景、住的和吃的。

\丹巴藏寨\

在甲居藏寨下山的途中，电话响起：

"我看到你的车了，拼命按喇叭就是没反应啊！"

"呵呵，我在前车上呢。"

"我到山顶了。"

"哦，我在半山腰的寨子里。"

"我们随便逛逛。"

"我们也是，说不定会偶遇。"

最终还是未在旅途中彼此见到，但是，我们走了很多相同的路，也看了很多相同的风景，或许，还有一些相同的感动。感谢给予彼此的那些关怀和信任。情感有不同的层面，我们触到的并非幻影。

亲人或朋友间，重要的是对彼此的在意、包容、理解，对彼此还有要求，还可指正。可怕的是漠视，是彻底的失望，你过得怎样，我不再关心，你待我如何，我已不在乎。

所以，我们感谢那些在长途旅行里朝夕相处的日子，在路上、在饭桌前、在星光月光下以及茶杯的举起和酒杯的碰撞里，那些玩笑、温暖的话、小小的抱怨、坦诚的交流。彼此做对方真实的镜子，看到自己的缺陷并正视它；看到对方闪亮的地方并一点一点改变自己努力趋向。遇到再大的麻烦，等待，陪伴，一起积极想办法妥善解决。

亲人间的爱与照顾，朋友间的相互尊重和体恤，比美景更珍贵。

• 四季坪——开满野菊花的秋天

几年前在初冬微寒的日子，和朋友沿着峨眉山圣水阁旁的小道步行。因为不是官道，罕见人至，野菊花漫山遍野，灰蓝山峦边大树上挂满柿子。我们站在高山顶上，俯瞰脚下的峨眉城，风从四面八方吹来，有一种时间和空间的错乱感，那样的意象，定格为一幅有时抽象有时具象的画，有时在梦里，有时在现实。

所以，心心念念，一定要在这个季节再去一次峨眉山，看野菊花。

峨眉后山，从张沟往四季坪的路，在好些天连绵的雨后，确实很难走。起始段虽然狭窄陡峭，但因为沙土路面和覆满的落叶，爬起来还算轻松。越往上走，沙地慢慢变成泥地，有些地方踩下去鞋子陷进一半，要费很大的劲才能提起腿来；有些地方稀泥糊在石板上，稍不留神会滑出去很远，得把登山杖插在泥地里，找好支撑点，才敢迈步；还有些覆着阔叶的石头路，因为无法看清落叶下参差凹凸的石头，很有可能把脚卡在石缝中间，扭伤的概率很大。对我这样一个小脑极度不发达，协调力和平衡功能极差，走平路都会摔跤的人来说，绝对是有难度的。可是，6个多小时的连续上山下山，在大部分人都摔了的情况下，我居然一跤都没有摔，而且还没有拖大

\ 山上的野花 \

家的后腿，把自己狠狠地表扬了一下。

上山的过程，相对轻松一些，还可以走走拍拍。野菊花没有想象的多，不过已经足够让人欣喜了。这些散落山间密林、泥泞小道旁的黄色花朵，即使跌落泥地，也不觉沮丧颓败，它们以自然的姿态生长凋落，只遵循时节和自己的节奏。挂满水珠的蜘蛛网，红红黄黄的覆盆子，还有很多野花野果……有些疲累的时候，总有东西适时地闯进眼睛，让人打起精神来。黄色的水杉林和系在树干上指路的红布条，又让人想起某部电影的桥段。联想力丰富的人，总可以找到娱乐的话题，一路打趣。两拨人偶尔隔得远了，密林里看不到人影，只能扯着喉咙大声呼喊，声音在山谷里回荡，共鸣。还可以边走边大声地唱，歌词七零八落地窜了，调子东南西北地跑了，有什么关系呢，就如偶尔捡几片叶子，摆拍一下，这是发自内心的高兴。生活不可能总是宏大目标，正襟危坐，总要有一些看似无意义的事，来加点调料。

下山的路，所有的注意力必须集中到脚下，调节自己的呼吸，保持身体的平衡，寻找恰当的支撑点。这种专注走路的过程，容不得半点旁骛。走神的结果，有可能四脚朝天，还有可能滑下山崖，所以你只可以脚踏实地，心无杂念。汗水浸出，叶落无声，阳光有时在头顶，有时在树梢，有时在山下，泥巴浆满裤腿，鞋子已面目全非，你只管埋头前进。

其实，攀爬和行走，不是要证明什么，挑战什么，征服什么。只是想偶尔，像这样去山里，去专注地走一次路，去看我喜欢的野菊花。

仅此而已。

\野菊花\

• 雷岩——彼岸花开

刚在陌陌那儿看到满屏的血色花朵，转眼就看到花花同学发布的寻找彼岸花的召集帖，爱花的人，怎么能错过这样的机会。

第一次认识这花，是通过一本书："东京郊外，大片火红的花朵，从河边一直铺到密林深处，灿烂的在阳光下闪烁着耀眼的光芒。很是惊艳。"

这花叫红花石蒜，云告诉我另一个名字，她说小时候常看到的花，大人叫它"鬼老鸹"，因为爱长在坟边，大人总说不吉利。而网上有这样一段描述："曼珠沙华，血红色的彼岸花，相传此花只开于黄泉，一般认为此花只开于冥界三途河中，忘川彼岸的接引之花。"花香传说有魔力，能唤起死者生前的记忆，由于花和叶子不能相见，叶落花开，花落叶发，永不相见，就像命中注定错过的缘分，永远只是一次一次地错过，彼此相知，却彼此两不相见。

出发前向峨眉的本地朋友打听雷岩这个地方，回复说没听说过。不过跟着这群老户外行走，心里比较踏实。从黄湾开始沿着峨眉山人迹罕至的小道往上爬，陡峭、雨后泥泞、青苔、荆棘这些都不算什么，最难的是有很长一段完全没有路，全靠队友在前面用登山杖

\ 怒放的彼岸花 \

劈开荒草、树枝，开出一条路来，领路的两人真的是汗如雨下，后来看到他们手臂上密密麻麻的全是划伤。他们一直走在前面，不断地提醒我们后面的人靠着山壁走，踩实了再往上爬。队伍里两个小朋友也很让人感动，一直跟着队伍，没有撒娇怨气，即便下山路滑，各自滑了几跤，还是爬起来又继续走。可爱的是还一路莺歌，走得"气宇轩昂"，几个小时的山路啊，大人都有些吃不消，不得不佩服这两个孩子。还有队友把登山杖拿给我用，真亏了那根登山杖，布满青苔，再加上飘着小雨，基本没人行走的山路太湿滑，下山途中一直是每根脚趾头都要紧紧抓住地面才行，即使这样，队伍里接二连三有人滑倒。如果没有登山杖一步一步作支撑，我可能真的很难坚持完全程。还有后来绕道送我回家的妹妹一家……真的有很多感动让人忍不住矫情一下。也许，行走的魅力就是这样，不仅仅在于一次次自我极限挑战成功的自豪喜悦，还有就是收获彼此帮助、照顾的情谊。

当然，还有一个很重要的收获，就是看到很多未知的风景。

味道鲜美的野生菌，可爱的"猪儿虫"（柑橘凤蝶的幼虫），还有很多不知名的野花、野酸枣，挂在背包上的野花椒，香了一路。这是第一次看到红心猕猴桃的藤架，之前我一直以为那东西是长在树上的，老乡家里可以随便吃，但怕雨下大，怕耽搁了时间拖大家后腿，我急匆匆地走在前面，遗憾此行没吃到。

而此行的主要目的——寻找彼岸花，我们也得以如愿。在密林深处，有些一枝一枝独自绽开，有些一丛一丛结伴怒放，走着走着，在一片绿色的背景里跳跃出一团火红，让人眼前一亮，疲累的身体也仿佛马上满血复活，休息、拍照，然后铆足劲继续前行。

一直觉得，兀自生长在山间的花，天生便有一种桀骜，它们不同于公园里的花草那种人工刻意的工整和完美。

不过，一路上与这些花朵邂逅，我们只觉美好，并未觉得它有任何诡异和不祥。所有的传说不过是人为附加的意象，所以，关于彼岸花，我更愿意这样说："这哪里是死亡的血色？这哪里是花叶永不相见的凄凉？这分明是生不逢时的天才花朵，等不及绿叶的衬托，要急匆匆地冲出地面，拥抱初秋尚且温暖的阳光。"

\味道鲜美的野生菌\

\可爱的"猪儿虫",即柑橘凤蝶
(北方叫花椒凤蝶)的幼虫,多见于花椒树上\

• 大瓦山——灯台报春，梦里树下，心间花海

这就是想象
是梦境一场
可我愿将目光
停留在你身上
那里弥漫花香
……

去年的这个时候，我对着显示屏上川同学的网上空间，她说转山转水转转花。那时，我只恨自己不能拥有至尊宝的月光宝盒，让时间倒流，去大瓦山，去五池，去看云杉林里绵延的转转花（灯台报春）。

川知道我爱花，所以今年再次真心邀约。走之前的一天，儿子发了一夜高烧，又吐又拉，我想冥冥中我与瓦山错失了。儿子的烧却在第二天奇迹般地退下来，活蹦乱跳，再无任何不适，他说妈妈你去吧，我真的没事了。瞬间觉得上天真是太厚待我了。经峨眉过龙池，从峨边到金口河，继续沿着窄窄的盘山路往山里行进。沿途

\ 灯台报春 \

修路，有些路段单边放行，不过一路还算顺利。因为头宿照顾生病的儿子，基本没怎么睡，盘山路上很快就晕车了，汗水浸透了衣服，不停按摩手掌虎口的穴位，才强忍住一波波胃肠的翻涌没吐出来。

随着海拔的增高，车子越向山里行进，空气中的花香草香越发浓烈。在住宿的农家吃过土鸡野菜，大家迫不及待向高处的鹿耳坪进发。我看过川同学去年拍的片，我也想象过将要看见的美。可是，当云杉林里一望无际蔓延的转转花出现在我眼前时，我还是屏住呼吸，使劲地忍住了泪水。这是爱丽丝梦游的仙境，还是指环王里精灵居住的地方？在这人迹罕至的高原深山密林，它们开得这样肆无忌惮而又静默含蓄。踮起脚尖小心走路，大家偶尔的对话也是轻声细语，怕踩坏一片叶子，碰断一枝花，怕打破了这份静谧安详。这大自然如此美好的馈赠，我们唯有用心珍惜。我真的无法用相机拍出眼睛看到的美。可是我第一次自私地希望不要把它拍得太美，就像江湖雁对渔山的感情，我怕越来越多的人来到瓦山，来到鹿耳坪，来到天池。因为第二天在天池就偶遇一行人，手里拽着连根拔起的转转花，晚晴同学和川同学好好教育帮助了他们一下，大家都觉痛惜。其实，转转花只能在这样的海拔生长开花，移去低海拔的地方就再不会盛放。所以，如果还有看花的人，请爱惜它们，更不要带它们离开大瓦山。

在树林花间湿地穿行，我们除了脚印，什么都没留下；除了照片，我们什么也没带走；而川同学即便是轻轻地飘过，绣花鞋上还是成功地带走了三只蚂蟥。

一夜大雨，天亮停了，和川同学早起，去农家后面的干池，山间寂静，青山绿水，云遮雾绕。草叶上挂满水珠，黄色野花铺陈，红色转转花点缀其间，我们蹲在花丛中用绿色茅草、黄色野花编织花环，水珠湿了头发和裤脚也不管不顾，咧开大嘴笑得毫无形象。

去鱼池湿地，那是紫色野花的天堂，山间云雾像极了调皮的孩子，一会儿飘过来一会儿飘过去，大家捧着凹各种造型，也拍下挂着露水的蜘蛛网，水洼边的转转花，真希望美好的时光不要离去。

路边洁白梨花盛开，云雾停留在山脊垭口或是飘过村庄。一次次把车泊在路边，拍下那些清丽透彻的美，我们只想尽可能多地留住此时此刻，留住我们内心挚爱的美。

梦里树下，心间花海。有花有草的地方，就是我爱的天堂。

• 泸沽湖——小女孩和海菜花

很多年前，第一次去泸沽湖，当我们坐上猪槽船，在星点的小雨中穿行在草海里的曲径时，仿佛一道道未知的大门正迎面而开，引领我们去向温暖美丽所在。帅气的摩梭小伙在船头用力划桨，芦苇和紫色花海在两边铺陈开来，水面上雨点溅开，无数的小圆汇成大圆，犹如内心一些微小的喜悦被一圈一圈地尽情放大。这是一种很微妙的感受：你看着前方的王妃岛或是漂浮在水面的"水性杨花"（海菜花），你与迎面而来的船上游人挥手致意或是望向深不可测的湖底。你的内心，既希望能有一小段安静的留白，又好像极不情愿无所事事地让它那样从指缝间溜走。于是，你会捞起一些靠近船舷的海菜花，它们白色的花朵开在船舷，绿色的茎依然在水里飘荡。

其实，旅行的途中，我们没有必要埋怨坏天气。蓝天白云是一种景致，小雨零星也是一种景致。在小雨中开车环湖，一路上连空气都是湿漉漉的，一路听到雨滴的声音，闻到树与青草的味道，山在云雾间，车在山水间，你会忍不住想：山里面到底有没有住着神仙？

在泸源崖观景台，看到伸向水中的小小岛屿，岛上有着绿草、野花和枯干的树。那是一种孤独却并不苍凉的美。彩色经幡在崖壁上随风翻动，阴霾天气下依然一汪碧蓝湖水。踩着湿滑的小径走到崖壁边，耳边有风声掠过，你俯身注视身下的大湖，仿佛在听一曲演奏，非常的久石让，非常的卡洛儿，非常的班得瑞……

环湖前行，在山巅拍一些不知名的小村落。路上偶尔钻出一匹马，一群鹅，或是三两个害羞的孩子，于是，你才能得到一些尚在人间的现实性暗示。到达里格的观景台，阳光非常配合地出来卖力演出了，标志性的里格岛就在脚下，对面是秀美的格姆女神山，还有里色岛、洛克岛、里务比岛尽收眼帘。那些蓝，那些绿，那些黄……光线与色彩变化的美丽如同女神的魔法扫过大地，无声地向人传达着天国之爱，让人终生难忘。

爬上里格岛的最高处，安静地眺望对面的小村落，你愿意把时间耗费在这样的无所事事里。雨却越下越大，折身回到山下，在临湖的茶吧小坐，看着风吹动岸边的树，大颗的雨点迅疾地打在湖面。有年轻的情侣站在风雨里，女孩扬起双手举起艳色的围巾在头顶，男孩迅速地按动着快门，彼此都湿透了，你看着他们这样"狼狈"地快乐，没有感觉可笑，只是觉得幸福。

风雨停歇后，继续环湖。小鱼坝，洛水村，舍垮，山南……到达走婚桥已是下午时分。桥上陡然出现很多游人，打破一路的宁静，有稍微地不适应。长长的木桥上，有很多摩梭小孩向游人兜售新鲜的葵花籽和晒干的菌类。一个眼睛大大的小女孩用并不标准的普通话对我说："姐姐，买点葵花籽吧"。我的包在林身上呢。只好对她说：

\泸沽湖的海菜花\

"等姐姐回来的时候买。"她说好，等我走了很远，回过头去，她还大声地对我说："我记住你了。"可是，等我追上林，从走婚桥另一头返回来的时候，她却不见了，心里便有一些莫名的自责和难过。在这阿夏们离合自由的性情之爱桥上，我并未打算敷衍和欺骗她的。

现在的泸沽湖，已没有了当年的猪槽船。但海菜花依然盛开着，卖葵花籽的小女孩也长大了吧！不知她去了何方。

＼猪槽船＼

• 芭沟——油菜花田里古老的小火车

日本人爱美又固执于细节是出了名的，因了对季节的流转之爱，他们钟爱花朵到了很深的程度，讲究一期一会，每年会精心地发布"樱花情报"和"红叶情报"，告诉游客几月几日樱花开到了哪里，几月几日秋叶又染红了谁家的后山。各处的海报上，赫然用各种颜色代表初放、盛放和过气，而每块花田里花朵的开放程度，也会做这样的功课。

油菜花开的时候，开车从213线到芭沟看小火车。沿途的油菜花正是盛花期，一大片一大片的铺陈在路边以及远处的山脊上，满目皆是春色，眼睛却一刻也不想休息。雨后蓝天，阳光的温度刚刚合适，繁盛的小叶榕在阳光下那金色的光斑照在地上像是跳舞。如此良辰美景不能辜负了好心情。

芭沟，这座位于两列大山之间的小镇，有些漫不经心地散落在山谷里。三三两两的房舍看上去有些年岁了，像是一篇来不及修改的文章，有些随心所欲地自由罗列。石溪与芭沟之间的交通，小火车是唯一的选择。曾经，小火车主要承担嘉阳煤矿的运输任务，运载矿工上下班及沿途村民的进出山。而今，随着越来越多人的关注，

\ 油菜花田里古老的小火车 \

这个世界上最后一列蒸汽小火车，更多地成了一种风格。它整个运行全靠手动，仍像百年前火车刚诞生那样，岔道用人工扳，信号靠人挥动红绿旗；机车车身锈迹斑斑，独有的炉门和汽笛，保留着古典蒸汽机的韵味；车厢与车厢之间没有可以通行的走道，而是分为一个个相对独立的单元；木质的长椅分布在车厢两侧，简陋而坚硬；至于窗户，不过是冰凉的铁皮箱上开出的一道道口子。

事实上，行进在深山里的这种火车从不报站。它像一个步履蹒跚的老人，粗重地喘息着，深一脚浅一脚地翻山越岭。一度，随着嘉阳煤矿的衰落，云雾中的巴沟镇，这座曾经名噪一时的工业古镇，已然裂变为宋词里伤感凄凉的境地，小火车也险些消失。但是，随着媒体的介入，越来越多的外人——外地人甚至外国人，开始关注这川南一角的深山，以及还在忠实地尽职尽责的瓦特的蒸汽机。于是，作为一种旅游资源，小火车得以保留发扬。数以万计的人涌向这起伏的山峦，心甘情愿地花上不菲的车票钱，吃一嘴的煤灰，只为一睹这工业革命时代的"活化石"。小火车，又开始从寂寞驶向喧闹。

当小火车行驶在油菜花田里，当它拉响笛声冒着白烟，是一种超现实的古代与现代融合的美。我们望向远方，远方是前世或来生？今生的命运就在此地。这样的火车还能在生活里行驶多久，它不知道，我们也不知道。

\途经的油菜花田\

花
间
随
笔

● 一个宅家的春节

\春节写一些吉祥的话\

新年的第一天，宅家

简单的食物、收拾整理、读书、看花、写字、洗手净心、祈福自省。愿以内在的密度、硬度和广度，对抗外界的躁动和惶恐。感谢自他人之处所得到的，也感谢自己为他人所送出的。愿安于当下，认真对待点滴，得自在、平安、健康、喜乐……

初二

　　听歌、瑜伽、读书、写字、看花，这些都是带有抚慰力量的。不去看或接收太多负面的信息，不让自己被焦躁和惶恐裹挟，保持自己的节奏，平心静气写，使每一笔线条尽可能稳定。

\ 阳光下都是希望 \

初三

　　感觉憋闷的时候，不想焦灼在这种状态，越是黯淡的日子，越该寻找亮丽色彩。一棵小草、一片叶子、一朵花，它们可以更为细腻地分出嫩绿、苍翠、粉红……对生活的细枝末节有了易感的心，微小事物带来愉悦，再糟糕都不至于一败涂地。于是也才会开始有良性循环。循着这样的线索，最终能找到什么，改变什么，大概只有经历的人自己内心才能体会吧！收拾花草，今日剪了一小枝紫荆花，阳光下都是希望。

大年初四，继续宅家

今天有雨，阴冷潮湿，寂静中听到街上救护车来去几次的声音，还有巡逻车喊话让大家加强防护的声音。

天气很冷，正值凛冬，想起昨晚做的梦，那些过去的人和事，都换了面貌，以另一种结局出现。

翻看春天的阳台花园，那么明媚美好，如此期盼春天的到来。混沌的灰色天空，脱不下厚厚的冬装，于是开始想念阳光，想念窗外的玉兰、楼下的桃花，想念风里蔷薇的味道……

原来，一切如旧，就是最好的生活。

继续写字、看书、听歌、瑜伽。

花也好，字也好，书也好，瑜伽也好。我们能做的就是给自己一些依傍，也存储更多的快乐和甜蜜，减弱外界的影响和对应急事件的焦虑，一直心怀喜悦走在无常的世事里。

大年初五

阳光灿烂的一天。

上午收拾整理，下午终于可以出门去绿心公园走路。几天没下楼了，重归自然，沐浴阳光的感觉真好啊！

所有的人都戴着口罩，熟悉的世界有了些疏离感。无人打扰，正好听歌，想一些事。对于人性的善恶，是非曲直，自我的评判体系一开始总是认为非黑即白，容不下中间状态。以此衍生的是对于委屈的怨念，试图弄明白和讲清楚，试图抽身脱离一些污浊的泥潭沼泽。殊不知，自然的规律是越挣扎越深陷，既然已经身不由己，干脆放任自流，说事实讲道理并不适用于每个人每件事。有时，没有答案对别人才是最好的答案。时间即使给不出真相，也总可以让人淡忘，总会有一些未来可以覆盖过去。那些飘散风中的人和事，最好的词语莫过于"成全"，成全他们认为的碧海蓝天。当你越来越轻易地屏蔽掉外界，越来越多的精力专注于自我内心的丰盈时，即便偶尔在生活的琐事里有些低落沮丧，但其实你已经很容易满足和快乐起来，并无所畏惧了。

\ 有花就很快乐 \

　　看见绿心路海棠花开了，想着即将到来的春天。在时间的河流里，有些变化总是不自觉地发生着，对生活中美而细碎的日常充满期待和欣喜。

　　回家看到一屋子的阳光和开得正好的花，觉得昨日一些负面情绪都消失无踪，太爱这生活了。

大年初六，有雨

喝茶、写字、看电影。

通临完《峄山刻石》第一遍，很多字写得不好，还需反复练习。

又重温了一遍《海上钢琴师》，1900虽然从没下过船，没有看过大海以外的世界，可他的琴声里有山川河流、日月星辰；有春夏秋冬、花草树木；有动作情绪、过往未来；有美和爱。他单纯得像一个孩子，欲望的石子只在他心里起了一个小小的涟漪，最终他还是选择回到他的简单里，选择在有限的琴键上获得无限，在自己的琴声里获得单纯的快乐。

喝茶如此，种花如此，写字也如此，都是想要获得一些单纯的快乐。

很想遗弃微信朋友圈，特别是当微信这个即时通信工具里有了太多的亲戚同事还有各种各样的人，也许一句无关痛痒的话都有可能引发出无穷的臆想或误解，或者显得你矫情，或者你在影射什么，又或者你在显摆什么，所有的记录都要权衡，都要过滤，都要小心翼翼。

有很长一段时间，不再想用字来记得或者确认，刻意回避它们们纵容某些情绪，让自己显得矫情。觉得生活和情绪，始终是自我的体会、摸索、消化的过程。想了一些，写了一些，又擦去一些。犹犹豫豫的性格，在别人看不到的片段里，自己也丧失了一些记忆，回望来时路，只留下一些支离的影子。很多时候，是不是为懒惰找了借口，是不是无形中过分刻意标榜自己不流俗的孤傲，反倒失去了自我个性里的某种坚定。其实没有应奉和讨好，字始终是写给自己看的，是纪念自己的过去送给自己未来的，犹如暗中的小小光源，照亮自己的内心。清晰也好，隐晦也好，从来都不需要过多说明，懂的人自然会懂得。

两极之间，无所谓左右，无所谓摇摆。人的坚定内核并非作茧自缚，它也需要在无数变换的场景里得到不同的磨炼，以此成形丰盈。世间事有时难免纠结，需要控制，反省；世间事有时也难免艰难，要记得趋向光源，朝向温暖。我们需要无畏和勇敢，也需要像1900一样，保留一些适度的单纯和天真，来过这尚且漫长的生活。

大年初七，继续宅家

今日的炒牛肉丝大获全胜，宅家的日子，厨艺精进不少，每天都在吃嘛嘛香。

今年为自己设立的目标里，强调两点：

好好吃饭。以身体的承受力为前提，有控制地选择食物。接受身体机能的逐渐下降，不挥霍它的能量。管理自己的身体，不累赘和拖沓，尽量通透和轻盈。重视身体的预警，对不适也心怀坦然。所有好的坏的，都不会凭空而至，所以，不带着对过往的不满和不安，也不会带着对未来的惶惑或焦虑。每一天，好好吃饭，好好锻炼，保持健康，是对家人，对在乎自己的人最大的善意和暖意。

好好觉悟。靠近那些简单、明亮、积极的人。欣赏和学习，但并不试图拷贝复制。他人的姿态和方式只是给自己的一个导向，我始终只是我自己。正视自己的不足，也接受不完美的自己，向内去寻找，去浏览和自省，而不是向外去观形，做生硬的改变。瑜伽老师说："一定要带着呼吸进入每一个体式，认真感知自己的身体。"这是一种对自我的觉察力：肌肉、筋膜怎样在拉伸、对抗，身体反映出怎样的酸胀疼痛。不要痛苦地坚持忍耐，而是体会，是在一呼

\ 享受每一个当下 \

一吸之间与自己的身体对话、和解。珍惜和享受当下的每一种状态：不标准的瑜伽动作，写得不好的字和画得不好的画，养枯萎了的花，偶尔没控制好的情绪……认知自己的缺陷，接纳当下的每一个发生，享受当下的每一个行进。接纳自己的同时，也就更加易于接纳他人，不会轻易言说失望，更不会试图去操控和改变。

写了欢喜、如意、聪敏、精进、纳福的小条幅，很喜庆。

大年初八，继续宅家，整理近期写的字

日日用功，时间中累积的成果，不知不觉中，已经写了很多。

看朋友发来的视频，是一个热爱藏地的人。他一年中大部分时间穿梭于藏地，拍下那些人迹罕至的绝美山川和湖泊，很多次去冈仁波齐转山。看他的视频，看到他脸色黝黑，有些微微的浮肿，蓝得发黑的天空，寸草不生的砂砾地，他在海拔五千米左右的地方带领一群人徒步几十公里，呼呼风声中他粗重的喘息，偶尔夹杂的咳嗽，他把直播的镜头一次次对准那些磕长头的藏人，用藏语与他们简单交谈。长路漫漫，冈仁波齐在墨蓝天空下闪耀白色光芒，众生渺小。他说："再次冈仁波齐转山拍星空。将此行转山功德回向如繁星点点的芸芸众生，愿我经历的痛苦是替你们体验了痛苦，愿我偶得的幸福你们此生都有机会感受……"

\一段时间写的字 \

大年初九，宅家结束，明天开始上班

很特别的一个春节，被困于家的日子，也是静默中认真对自己的一次观照和整理。

随着年纪的增长，看得越多，经历越多，对一些鸡汤式的文字越发理解赞同。在不妨碍别人的前提下，过自己喜欢的生活，不迎合，不讨好。游侠气和泥土气都不粘带，对人性的某些失望，委屈怨念，以直报之。在退无可退避无可避的为难时候，可以不再使用商量的语气。寻常日子，不可时时姹紫嫣红，但也很难山穷水尽。无所谓善恶，每个人各自的属性得到自己的命运。天地有大美，人心有幽微，这些都值得敬畏。快乐和幸福的感受大部分来自内心对平常事物的感受，没有不切实际的欲念妄想，没有失去的恐惧，便可活得坦荡赤诚、洁净丰盈。

假期最后一天的黄昏，我坐在花草间，看夕阳西沉，鸽群以优美的姿势在城市的上空来回飞翔……岁月如此静好，生命中的人和事浮光掠影，有人走近了，有人远离了，而我还在这里，安然之心。唯有祝愿每个人都能葆有健康，以坚强之心去渡过苦厄之事，并获得平静和快乐。毕竟，再长再冷的冬天，你等一等，熬一熬，花就开了，春天会如约来临。

\开在冬天的蝴蝶兰\

• 在无常里安住

如旧

身心皆不得闲的一段日子终于算是过去了，一切如旧的生活，就是最好的生活。

又突然被动换到职业身份的对立面，面对未知，唯有等待。

被动被各种冰冷仪器进入身体，各种检查、化验、查体。各种专业知识明知细解和一知半解掺杂的焦虑，尽管我坚信自己的定力，否认那些焦虑，可是我的生理指标告诉我潜意识里无处遁匿的紧张情绪。

也瞒着母亲，尽可能少地让亲朋知道，尤其是在病因尚未明了的时候，我知道他们都是发自真心地爱我关心我的。正因为如此，他们的担心和关切会让我觉得自责和不安，会让我在突如其来的疾病面前变得软弱和悲伤。

一直在给自己积极的暗示，想着最坏的可能也可以有一个最好的结果，想着命运要给我什么我就接着吧。

真的要感谢那些花草、阅读和书写，为我灰暗的日子带来色彩和光亮，那是再好不过的安定剂了。漂浮不安的心有所依傍，有所寄托，不管要面对的是什么，都可以好好吃饭，好好睡觉。

不过虚惊一场，所有可能性里最轻最普通常见的一种。

生命就像闯关打怪的游戏，感谢上天赐我的好运气，也谢谢身边人的陪伴。

雨露阳光、花草树木、市井百态，都让人觉得这般美好，妙不可言。

想起有一天同学在群里送我的一段话："爱，是一件非专业的事情，不是本事，不是能力，是花木那样的生长，有一份对光阴和季节的钟情和执着。一定要爱着点什么，它让我们变得坚韧、宽容、充盈。"

是的，要珍惜，要一直记得好好爱这生活，过这生活。

洪水

一场罕见的大雨，三条江河暴涨，城市被洪水围困一天一夜，街道进水，房屋被淹，交通中断，通讯中断，停水停电。处在城市高点，家门口的街道成了巨大停车场，行人如织，熙攘喧哗，有些时间和空间的混乱迷离，类似灾难片里的末日之感。

还开着门的超市门口排起长队，饮用水、方便面和蔬菜早已售罄，默默转身回家，把家里仅剩的水果拿出来，水壶里还有一些水，泡了茶，看书听雨。绿植、花朵、自然系的小物件、小小的仪式感……这些都是可以抚慰人心的。

宗萨钦哲仁波切在讲法时曾说："我今天说的这些，是希望有一天，有人到你的面前来炫耀他念完了一千遍六字大明咒，而你只是安驻于当下地切好了你的洋葱，在

\天清气朗的下午\

这个时候你也完全不必感到内疚。"

外界越是动荡，越是应安驻于当下，守护好自己的内心，过好自己的日常。不必怪天冷酷，不懂怜惜。一切总会归于如常，我们的城市也会再度天清气朗。生活被打乱还可以重整旗鼓，如果心乱了就都乱了。

无常

拥有从来都是侥幸，无常才是人常态。

这一年特别无常。

世界瞬息变化，让人应接不暇。疾病，灾祸，太多的不可预料，太多的猝不及防。

很多时候，有一些遭遇和经历，于别人而言，或许就是新闻里短短的几秒，或者只是偶尔听说后的一声感叹。但于个体而言，迎着面遇上了，身在其中，百转千回，煎熬难过；千辛万苦，那么漫长。

世事变化无常，人生境遇无常，人情和生命也无常。

我们征服不了所有，能做的就是动态地看待这个世界，训练我们自己去承受，去接纳所有的不确定性，以一种无畏的状态，迎向各种意外。并且在不断的意外之中，不慌乱，把不好的契机努力变成好的可能。

\感谢一些无常 \

要感谢在一些无常中，自己一直安心临写《九成宫醴泉铭》。欧阳询的险绝、从容、精准，他得需要多强大的心力，在 13 岁就遭遇满门抄斩，之后还能在那么多看似不能平衡的地方保持平衡。所以，他的字像危楼，像蝴蝶立在刀锋，每一个笔画间的关系都很微妙，差一点点就不是他了。这种精准的法度，让人在拿起笔的时候对这个世界按下静音键，只专注于此。

这也是对无常的一种对抗吧。

一些节气

立春

是晴朗而柔和的天气，所有的东西正从黑暗而迟缓的时辰转换到光亮而富有弹性的时刻，一场又一场的春天花事即将开启。风里有含笑的味道，玉兰开了，油菜花已经含苞，接下来李花、桃花、紫藤、蔷薇……那些壮阔的、秀美的、甜蜜的、婉约的美将铺天盖地接踵而来。

开会，各种日常监测、消毒指导以及应急预案，忙碌的大半天。

累，但中午回家还是写了一会儿字。只要拿起笔，世界就如按下了静音键，平静而安逸。

上班下班，打扫房间，修剪花草，读书写字，这些都是可以一个人静静完成的事，也许"每个人存在于天地间自我修行的法门，有的是写字，有的是泡茶，有的可能只是扫地。"每个人的心里会开不同的窗，吹进来自四面八方的风。每个人会选取属于自己的"百忧解"，为未来的未来获得火花和力量。也许自己没有宏大的计划和期许，但"这是我的格局所限，也是我的甘之若饴。"

要做的，无非是活好自己的人生，日复一日打理好自己的身体、生活和情绪。如果有些事力不能及，就不必勉强，礼貌直接的拒绝

\春天的花 \

比违心别扭的求全更让彼此放松。平静地去做一些事情，保持一种有序的精神状态。纵然在俗世，难免有艰辛，还是希望自己的心，始终能翻山越岭，去贴着水面和稻田，吻向云端和青鸟。

惊蛰

冬入残年，春已立足，枝头萌发的芽点和花蕾如驿站，雷声响起，窗外的春风和春雨，正快马加鞭，把最美的三月天送抵人间。

风和日丽的午后，给自己买了粉色郁金香，搭了 Royal Copenhagen 半蕾丝唐草茶杯碟，还有朋友手工做的小饼干。温柔的花朵粉，梦幻的釉下蓝，在蔓延的绿意和跳跃的黄之间，是心里积攒的春天，万物惊蛰生发的轻快喜悦。

看《书法之美》，写苏轼的《定风波》。生活是打怪升级的过程，一些小小的美好，能抵消前行途中的负力量带来的毁损。人生难满百岁，更要好好爱自己，不妨春花秋月，秉烛夜游，不妨煮霞焚枯草，吟啸且徐行……

春分

节日，给自己剪了山茶和月季，泡了上好的月桂红茶，白陶盘装了好看的点心果子，把书桌挪到春意渐浓的窗前。绣球在淡绿、粉红、轻紫、浅蓝之间，郁金香和枫叶天竺葵红黄交融得恰到好处，杜鹃和玻璃海棠的繁花间又已经冒出好多新芽。飞鸟掠过的影子，蝴蝶扇动的翅膀，二月的风是寒与暖之间的刚刚好。

坐下来，拥有此刻，安静地写字，与笔墨和花草相处，与自己好好相处，是无须他人施予的自足完满，是片刻也是恒久。"欣于所遇，暂得与己"，没有永恒的不分离，也没有永远的拥有者，人和物件的最终关系，不是断舍离，也不是长据有，一切都是暂得的平常心。

节日的意义在于提醒我们感念珍惜，万物过手，皆是深情。爱自己，爱他人，爱春风和花草，爱这世间万物。

清明

下了一夜的雨
今晨远山雾气蒸腾
枝头翠叶满含希望
微风指弄处，小手球的花瓣纷纷扬扬

满坡青草，一垄黄花
你已不觉孤单了吧
岁月清涟依依
火光燃不尽遗忘
思与念相互抵牾

暖阳已把云朵烘干
我们平静安详的日子
是你们希望的吧

四月，下了很久的雨，这样的清明时节，那些阴阴的天，若有若无的雨，会不由地念起故人。那些怀念，牵扯出一些微微的疼痛感。越是这样，越不想情绪被拽紧下沉，越想在心里种一些阳光。

　　早起，打扫，擦拭家具，地板；在水龙头下冲洗植物叶片上细小的灰尘，让一切重新发出它们本来的光泽；把开得正盛的花儿们从养护区搬到观赏区，享受它们在目之所及的地方带来欢愉；去菜市买菜，文火慢炖一锅猪蹄汤……

　　午后愈发的阴冷了，倒了一点玫瑰白葡萄酒，配上霓彩蛋黄酥，有些甜却不腻。低度数酒带来的微微暖意，那些粉粉嫩嫩，一层一层幻化开的色彩，让阴冷暗沉的天闪亮了，甜蜜幸福的味道慢慢荡漾开来。放了低低的背景音乐，看几页书，也拍下那些令人舒心的画面……

　　只是做一些日常很世俗的事，让寻常日子有力量来抵抗虚无，获得安慰。用安静的方式替代眼泪。这是一种习惯，是四月里一种朴实的告慰，也是一种坚强的怀念。

谷雨

谷雨，是春天的最后一个节气，夏天就要来了。

这个春天，绵绵春雨与暖阳交织，早春去看桃花、李花、油菜花，接着看紫藤、黄花风铃木，暮春时节，去看蔷薇、芍药。也望向嫩绿的青草和枝头的绿涛。

特殊时候的春天，虽不能远行，但还有那么多花可看，亦是万般感恩。收到的留言中，有真诚的感激，感激我的某些图片，某些文字片段，给他们困顿烦闷的心境带去的一些疗愈。这让我开心，予人抚慰，于我也是福报和恩赐。

也许，当我们经过这一段回过头来看的时候，我们会感激这些身不由己的日子，它让我们被动地放慢节奏停下来，让我们知道一些看似平常的生活其实不易，会更加去珍惜。也会以更敏锐、更喜爱的心去对待四季、周遭、生活的日复一日。

如果，当下已是有些糟糕，不妨接受，抱怨只会让自己陷入更坏情绪。在平静中安然，并想办法过得愉快。也许我们错过了这个春天，但还有可以期待的夏秋冬，还有更多年复一年的春天。

\ 阳台上的春天 \

　　灰墙上盛放的蔷薇，山巅花海里一元一枝的芍药，漫山野随便采摘的小黄菊，它们依然绽放在暮春四月，和春天说着再见。

　　而我，已经隐隐闻到五月栀子和茉莉的味道。

小满

\小满写字\

读熊培云的书《自由在高处》，他在序里说："一个人，在他的有生之年，最大的不幸恐怕不在于曾经遭受了多少困苦挫折，而在于他虽然终日忙碌，却不知道自己适合做什么，最喜欢做什么，最需要做什么，只在送往迎来之间匆匆度过一生。"

很庆幸，我现在已经越来越清晰地知道。

今日小满，暮色里写了一些字，想起一些话："人生不能十全十美，水满则溢，月盈则亏，凡事不能太满，小满便是圆满。"

不要对他人、对自己、对生活要求和索取太多，一种小小的满足感，于当下，踏实而喜悦地过每一天。

夏至

今日夏至，晚饭后走路，温度刚刚好。

一只耳机，隔绝外界所有声响，想象会随着曲调与歌词放置于不同场景，森林、大海、麦浪，道路延伸至远方……内心各种细微本能的情绪所染上的阴影，会被慢慢清除出去。音符流转间，获得彻底的放空。每天只用固定少量的时间去了解必需的资讯，保持自己的觉知，不盲从，不被束缚，不仓皇失措。阅读不同类型的书而不是各种来路不明的消息，感知别人的故事、情绪、观点，保持判断，获得启发、借鉴，对镜自照。

认真上班之余，种植、写字、喝茶、阅读、瑜伽，所有这些，并不是无视外界的发生事情和他人的苦楚，而是不想自己被悲观的情绪带着走，保持自己的善念和正举，做好自己的工作和日常，让自己安定下来。所有这些，也并非是一种所谓虚妄和潮流的标签，不过是内心真实需求的坦白表达，是自我对生活方式、生命方向的一种自主选择，它们和其他人所钟爱的各种方式一样，都是自娱自乐的途径而已。

小暑

大多数的人终日忙碌，身体感受到温度的变化，内心却失去了敏锐的触动。立冬时的金盏香，霜降时的红叶飞，小满时的蚕起食桑，惊蛰时的菜虫化蝶……是这些微小琐碎的小事件，串联起生活的种种，让我们的生命得以充盈丰盛。

小暑过后的关键词：烈日、热浪、蝉鸣、暴雨、绿植、苔藓、花朵……所有的事物交织缠绕在一起，散开又互通，带来盛夏的独特味道。

给家里换上"浸染之夏"的"南方湿地"和"十七年蝉"香薰，带来童年那些幽暗细微的记得，想起小时候在乡间度过的夏天，高山密林，七月碧绿的稻田，蓬勃的野草，汗水浸湿的衣衫，雨后土地的味道，午后悠长的蝉鸣……所有的生命力都格外旺盛，寓意无穷，在天地之间坦然自若。

感念四时更迭，大自然生生不息的给予。也感谢世间如此多的美好事物。窗前坐定，南方湿地的湿润与清透，十七年蝉羽化的青涩和舒爽，伸出双手，这当下与气味以及记忆的触碰，湿润、清透也安心，即刻便是意义所在。

白露

　　与朋友小聚，谈到彼此的生活、工作。有朋友说自己似乎一直都有些小小的巧运，并把这归功于待人接物的坦诚。虽无大富大贵，但也觉平实安逸。喜欢这些能够客观认识评价自己，也容易快乐满足的明媚女子。

　　在宽阔空旷的庭院吃饭喝酒。对面绵延山岭上是茂密青翠的竹林，天空有轻薄的云彩。大家一直在说话，说得很多，由一个话题跳跃至另一个话题，都是轻松惬意。天色渐渐变暗，微微凉意上来，小木屋里灯火有暖意，播放器流淌出喜欢的音乐。一弯月亮在山峦林梢缓缓移动，轻巧地穿过云层，木质平台上餐桌盘盏沐浴灯光、星光和月光，酒杯碰在一起细微的声响……生命中有些朋友，不一定时时言语亲昵交往过密，不一定拿来展露，却值得你花时间和精力以珍贵和郑重的态度对待。

　　想起夏末在山里，大雨中在车里听的老歌，坐在回廊看对面瓦山的云气，还有一座叫望鱼的古镇，那些声音和画面好像还在昨天，但时间真快，转眼又是一年秋天了。

立冬

秋意已暮，寒冬将至。

清晨做功课，写字和画画的线条都显得不踏实，视线和意识总被那些光牵着走。索性停下来，看看，拍拍。那些在别人看来大同小异的照片，只有我知道，其实每一刻，每按下一次快门，定格下的东西在时间和空间里都已经有了变化啊。

老师说所有学习都应该是感受先于技术，放轻松最重要，急就不美了，任何时候都要从容一点。是的，从容一点，对世事通达，平静地面对一切，平静中自会有力量。

午后，在阳光里看沈周插画版的《菜根谭》，看《掬水月在手》，随时代推移的书法、壁画、雕刻，随季节流转的春花秋荷和夏雨冬雪，静谧安宁……有着透明尾巴的鱼，悄无声息地游过，阳光和花的影子在纸上流动，感觉自己在被邀请，"在清明与惶惑之间，在时空错位之际，在绕梁的吟唱里"——漂浮，穿越，莅临一场礼仪……

小雪

很喜欢王小波说过的一句话:"一个人只拥有此生是不够的,还要拥有一个诗意的世界。"南方的天气日渐阴冷,阳光越来越少,城市大部分时候是灰色的。

今日小雪,整理打扫,把每间卧室换上干净床单和温暖的被子,炖了大骨汤,把开得明艳的花朵挪到书桌前。正是吃橘子的季节,喝茶的杯子也换了大吉大利的丑橘快客杯,明艳艳的色彩带来温暖的感觉,还有好心情。

越来越觉得该善待自己,包括可口的食物,漂亮的衣服,喜欢的器物,以及自己感兴趣的生活方式。

疾病、灾祸,这个世界充满种种的不确定,一夜之间,有时就可能是沧海桑田。所以,每一天都要好好过。

但是,什么才是适合自己的方式?你要有更多的体验才会知道。人的感受是要以人的经历为参照的。不过,快乐的、健康的、积极的、温暖的是适合大多数人的。你要在千百种方式中找到最适合你的那一种。

小寒

是一年中最寒冷的日子了
适合看一些明媚的颜色
适合在心里种一些阳光
然后
期待
春水初生，春林初盛
期待又一场
春暖花开

今年的银杏黄得比往年更纯粹，秋天路过小区的那片银杏林，捡了些叶子夹在书里。今日翻到，阴雨连绵的城市因为这些跳脱的黄有了活力和暖意。写几个喜欢的字，几头案上都是欢喜。

雪柳的花芽一点点打开，纤雅而蓬勃，这种花总让人想到春天，想到花好月圆。朋友送来一长串野山棘，虽是山野采撷，却因为朋友的用心，知道我所爱，花时间去找，又专程送来，很是珍贵。

\空气里到处都是蜡梅香\

　　这个季节，冷冽空气开始有蜡梅甜香。有时午后上班路过一片梅林，光线从树与树之间逼入眼目，鹅黄花朵绵密攀缘，风吹树叶掠动，暗香袭来。一瞬间的闭眼凝神，仿佛与人世两相遗忘。

从一月到十二月.

• 一月 新年

身边越来越多的人，觉得过年已无什么意义。仿佛日渐乏味的传统节日，于我，还是有那么多的快乐和期待。深度洒扫除尘，换洗家里被子窗帘，擦拭灯具，轻盈干净地迎接新年。

买花，红色杜鹃和郁金香、黄色洋水仙，希望用一些热烈的颜色来强调和加重，来祝福和祈愿，来给新的一年注入更多的花火和力量。又买了鲜切的冬青、鸢尾、雪柳、洋甘菊，分别搭配，放置家里各个角落，于是到处都有了活泼的生机。

写斗方福字、春联、各种小手札，送给身边以及远方的朋友。字的好坏并不是最重要的，重要的是墨色落在红色蜡染纸上，每一笔都心怀感恩和祝愿，感恩当下所有。即将过去的一年，欢乐时与家人朋友的共享，难过时彼此的陪伴相携。愿来年，每一个人都健康、平安，继续心怀对生活的热爱，福气满满……

除夕下午一直在厨房里忙碌，家人在客厅吃着零食看电视，用心地照顾每一道菜的品相、味道。间或跑到客厅喝水，听他们聊天，回复手机上祝福的短信。等到一桌子红红绿绿已摆上，大家举起酒杯，说着祝福的话语，年的味道，氤氲于家中，而我的一顿年夜饭温暖了家人的胃，也会温暖我自己多年的记忆。

晚上与家人围在一起看春晚，手机的屏幕不停闪烁，被人祝福是件多么开心的事。某年的这个时候，站在落地玻璃前，烟花把城市的夜空照得如同白昼，犹如观看一场盛大的 3D 表演，心情却难掩落寞与担心。而今年，依然站在落地玻璃前，烟花虽然没有开在苍穹，感觉却有一张张无形绚丽的网铺开在头顶，美好地存在天地间的自己不由自主卑微，怀了感恩的心，祈祷这平实的日子天长地久。谁说烟花易冷的，如果心是热闹的，那心里永远都有热闹的缤纷的花。

冷雨的新年早上，看洱海的朋友在自家酒店露台直播一场日出，看一轮红日慢慢从海平面升起，金色光芒照耀黛色海面，照耀蜿蜒环海路和冬日虬枝，万物朗朗，闪闪发亮。

愿这吉祥的光，也照耀在每一个人心上，满怀热爱，奔赴新的一年……

• 二月 一半诗意，一半烟火，都在最深的爱里

因为胆内几颗小小的石头，择期做了个小手术，身体的平衡一旦被打破，机能的恢复需要主动积极的自我适应及训练。

只是身体小小的抱恙，却收到很多来自亲人和朋友的关怀。有时怕给别人带去负担和麻烦，其实想想是自己心理的一些缺陷和狭隘，真正关心你的人，他们愿意尽可能为你做点什么，也很高兴被你需要。所以，不妨坦然平常地去接受，人世自有它的过程，爱和善的种子，根植在心里，会在安静中长出绿色的希望。

那些陪伴、鼓励、叮嘱、问候，为我寻求的最佳方案；鲜花、水果、细心熬制的汤羹，让我的这个二月，一半在诗意，一半在烟火里，每一天，都是有情的日子。

很长时间没有和妈妈共住超过一周了。因为这个小手术，她执意要来照顾我。

是被宠回小孩子的一周。她变着花样为我做各种好吃的，一遍又一遍地叮嘱我穿暖和点，不要着凉，一天十遍以上地问我冷不冷，痛不痛……小时候觉得这是一种唠叨，现在却很享受这样的绵密柔软的关怀。

\妈妈给我包的馄饨\

有时我一边写字，一边陪着她看不动脑子的电视剧。浮夸浅白的爱恨情仇，她看得津津有味，中间插播冗长的电视购物广告，她会打个小盹儿，这个时候会觉得妈妈真是上了年纪，看电视会打瞌睡了。和她一起做饭，给家里的花换盆，她喜欢颜色鲜艳的花，就把那些红的、黄的花调到醒目的位置。和她在阳台看花花草草，聊一些细碎日常，平淡却安心……

要感谢二月这些彼此陪伴的小小瞬间，在未来绵绵的日子里，不管时间之风如何摧折，命运的浪如何拍打，它们定会像这春光一样在心头摇曳，温暖着我。

和妈妈下楼活动时看到樱桃花开了，驻足凝望很久，春天真的来了，身体逐渐恢复，想着和朋友们的约定，一起去看微风和煦，去看草长莺飞。

• 三月 最美的日子

桃花、李花、油菜花，相继登场。温适的空气、绵绵的春雨、闪亮的太阳、夜晚的月亮和星星、微微暖的风，这些都是春天的嘉奖。那些秃了一冬的虬枝上，那些层层叠叠的墨绿翠绿之上，冒出好看的新绿。蒲公英的种子随风飞扬，花园'油画新娘'细碎美好，紫云英铺满田野，种子即将播撒进田地……

春日阳光醇厚绵柔，家里满是花木摇曳的影子，数花苞、剪花、插花，都是人生乐事。铺开纸来，是一纸春光，墨色沾染着花色，落笔也婉转温柔了几分。

雪柳开到尾声的时候，花朵更疏朗，新发的枝叶柔媚鲜嫩，整棵花越发飘逸灵动。那些自由生长的枝条，让整棵花冠幅成倍增长，可以预想明年的盛大。无尽夏、欧洲木绣球、铁线莲、各种月季，每天以看得见的速度生长，即将开启一场轰轰烈烈的花事。置身于这生发的春天，每天数着各种花苞，这种快乐大概只有种花人才明白吧。

每到这个时候，真的就觉得自己特别富有，特别满足，又到了出门一步三回头的时候。琐事依然很多，但朝朝暮暮，能这样看花开花落，已觉万般幸运。

\雪柳花开\

季节流转，人间事，新旧更迭。喜欢自然里那些蓬勃的生命张扬在田间地头，喜欢看树叶在阳光里编织出好看的阴影，平常琐碎的日常啊，它们让人觉得人间美好。即便看见命运的无常，洞晓生命底色的悲凉，明知万般努力后依然可能事与愿违，仍能时时鼓舞强健自己，感念珍惜。

有时想想，人生真的是个奇妙的旅途，偶然的一次选择，会为将来开启不同的旅途。无形之中，就像花木的枝叶交错影响，会开出不同的花结出不同的果。有些选择，一开始就注定了它的既定命运。

这个世界有那么多无常，所以，不要用"有用或无用"来区分当下之事，好好享受这春光，知足，珍惜，不负。

如此，就好。

\雪柳花开\

• 四月 爱这人间四月天

向左，叶变成菩提的刹那；向右，花融为世界的瞬间。

——林徽因《最美人间四月天》

每年的四月，都会想起林徽因，想起她写："新鲜初放芽的绿，你是；柔嫩喜悦，水光浮动着你梦期待中白莲。你是一树一树的花开，是燕在梁间呢喃，——你是爱，是暖，是希望，你是人间四月天！"

人间四月，真的是美得落泪，暖得落泪。

铁线莲、月季、天竺葵陆续开放，各种植物萌发新芽，花色柔媚，绿意鲜活，春光轻灵。每次坐在屋里喝茶写字，视线的余光刚好在这些粉红、粉黄、粉绿上，心里的舒服，那种感觉到的、直觉到的快乐和幸福是文字写不出来的，是长在身体里的，自然而然的，从每个毛孔窜进窜出。

这样的季节，适合写小楷，一字一字，仿佛把绿叶花朵都揉进了笔尖，一行一行流淌在纸上。给自己准备了覆盆子莓果蛋糕，又拿了玫瑰味冻干茶粉，调了一杯玫瑰荔枝气泡水，颜色和味道都很春天。

\四月天，饮料和糕点\

生活中琐碎的东西，譬如春天里清晨的新绿，林间的鸟鸣，午后树林间露出的蓝天，地上斑驳的阳光，傍晚暖风中的花香，朋友在旅途中发来的照片，干净的地板发出的光泽，写满一墙的字……这些真正打动人的微小事物，会令人回到天真，无忧也无惧。

这个春天真的很忙，看似闲适安逸的生活后面也有辛劳疲惫。可以骄傲的，是认真努力生活的每分每秒。每天把自己收拾妥当。哪怕只有一小段的空闲时间，也要走很长的路去看喜欢的花。即便晚睡一会儿，也要写几页字。就算真的很困，但打理花草还是精神满满。

喜欢的事情那么多，窗外有云气，心里有世界，人们总是需要合理的安排，对自己喜欢的那些事情才能全然投入，并获得莫大乐趣。它令人在熙熙攘攘的世界中疾走征战，回身也有明月清风的大快乐。

• 五月 生活在此处

清晨醒来，是喜欢的五月，万物尚静，一切将醒未醒，坐在屋子发呆，看清晨光线幽微变化。客厅里龟背竹、春羽叶片饱满旺盛，阳台无尽夏开始幻化出淡绿、浅紫、粉蓝。一场夜雨，窗外树木异常鲜活苍翠。

暖色阳光升起，屋子里温度与湿度刚刚好。赤脚走在干净的地板上，看到孩子睡饱后甜美的笑脸。植物清香，风微微暖。打扫，收拾整理，买菜，开始计划中的工作。

午后有朋友来访，光洁的前额，明亮的眼神，挺直的后背，有着好看的蝴蝶骨，清丽挺拔。和她在花间喝茶聊天，言谈甚欢：家庭，生活，各自爱好，未来打算……我在前后阳台种满的花草以及她在屋顶花园栽下的果树。闲闲碎碎地聊着，也聊到她目前的状况。她曾经的梦想，拼尽全力去追逐，梦想很快变成现实，现实却让她有点迷惘：她理想中的生活与她的初衷大相径庭，如今像陀螺旋转在每日的安排管理中，疲于迎来送往。她说想回到以前的日子，可是再也回不去了。

生活就是这样，我们总以为在别处。其实，每时的当下，即是

\ 被光照耀的清晨 \

别处。我们摒弃，抽身逃离，颠沛流离，最后却又深陷其中。所以，我们不必艳羡别人的生活，认真活在当下，用心和努力，感受和珍惜，安心于斯，营造出自己心中的诗和远方。

• 六月 手忙心闲

六月是个特别的月份，小孩子们穿红着绿，用各种方式庆祝属于他们的节日，有许多的幻想、满足和欢乐；大孩子们即将奔赴考场，有无数的憧憬、梦想以及青春的离伤。而大人们，也可借着节日的名义，购物、美食、会友、祈福。

"端午临仲夏，时清日复长"，六月里，清晨和傍晚清凉，午后阳光明亮；微风与晨辉，蝉鸣与树林，池塘里开始有蛙叫；豆角飞快生长，茄子和青椒沉坠在枝头……都是喜爱的草木葱茏，明媚盛景。

六月的第一天，好心情是从收到网购的鲜花开始的。因为路途气温较高，运输中几棵草花有点黄叶，联系客服，客服很快做了售后处理，并细心给了各种花的养护方法。

天鹅绒、六出花、芍药'芭次拉'、跳舞兰、'方德粉红雪山'、郁金香……一一修剪，搭配不同花器，置于案头几上。余下一些，搭配一些叶子，照例用写过字的纸，包了一小束准备分享给朋友，虽然不专业无技法，但我知道收花的人也会体味其间的珍重祝福。

这样手上忙碌着，心里却是闲逸的。即便有那么一些期待，也是轻缓的，顺其自然地发生，只是静静地等待、接纳，属于六月的一切。愿继续呵护心中孩童，手忙心闲，缓缓期待。

\喜欢的竹子和书\

• 七月 有点蓝

七月是夏天最饱满的时候了。

天气的酷热，生活的忙碌，朋友的聚散，偶尔对信念产生怀疑或失望，都让内心的质地变得粗糙，在一种不确定中慢慢迷失方向。不想敷衍在这种盲与茫的状态，一个人，若总是在外界的波动中摇摆自己，始终不能回到静定的中点，回望自己的内心，看到最初的那个自己，那将被外界以及衍生的情绪洪流挟裹，越来越失去自我。

办公室外的木槿，天天被曝晒，我以为它敌不过七月骄阳，哪知它一日比一日繁茂，照样开得轰轰烈烈。万物都有自己的节奏，该发芽的种子会积攒力量，该芳菲的花不会因为酷热而折损。我们也该回到自己的轨道，保持自己该有的节奏，不疾不徐，照管好每一段时光，不虚度，不辜负。

午后醒来，七月雨后的天空，是清透静谧的蓝。那种单纯的、极致干净的蓝色，对应到瞳孔里有种让人安心的美感。取郁金香系列杯碟，冲调一杯咖啡。仿佛那些金色的阳光、深邃的天空、辽阔的海水、无垠的宇宙就落在杯子上、碟子里。

透过绿植掩映的窗，原野的风徜徉而来，这蔚蓝的、纯净的、宁静的感觉，很是疗愈。

一位朋友在他的文字里提到我时说了这样一段话："但我依然相信，她的内心并不是全然如她的文字般清澈。随着年龄越大，我相信我们都越来越学会了隐藏。因为我是，所以我觉得她也是……"

也许。生活在每个人的背面，都有一个深渊，那些失意的、丑陋的、黑暗的都会不时跑来拉扯拖拽。所以，不要放任自己堕入黑暗深渊，不要像牛一样地反刍那些不好的情绪。要朝向光亮的地方努力攀爬。

找到适合自己的生活方式很重要。对我来说，泡一盏茶，铺一张纸，点一支沉香，在干净、纯柔的味道里写几行字，就会让自己放松下来。"心有沉香，不畏浮世"，对这些时间沉淀的传承和厚重投以敬畏，对风雅和优美投以深深爱慕。

即便你们猜测，对与错，痴与狂，又有何妨？如果我说自己现在是安静的、快乐的，我隐藏并消化生活不如人意的地方。我安于现在的生活，顺利或波折，善待并珍惜身边的每一个朋友，认真地活在这当下。缩小苦痛，放大快乐，朝向光明。努力生活的人，总有被爱的理由不是吗？毕竟懂得手握幸福并传达的人，已经越来越少了。

• 八月 女人的"态"以及友情

　　植物们经过一个多月的烈日炙烤、高温煎熬，晒伤、热病、枯死、生长停滞、苟延残喘。春天的盛景有多美丽，夏天的衰败就有多惨烈。貌似大家都在默默地收拾空盆，等着秋天再建一个花园的盛世。

　　并不太执着于它们的状态，只是顺其自然地照顾它们，每天保证给水，在阴凉与光照处切换搬动。虽然需要花去很多时间，也并不觉得是负担或累赘。

　　在令人窒息的酷热中，植物们经受住了考验，人也会学习在纷乱中培养出温和且不可动摇的沉着。

　　一个朋友在"说说"里写道："作为一个女人，如果没有那个貌，我情愿不要那个才，否则人家唤你作'才女'，听着就像是在挖苦你。"我把她所说的才貌结合体理解为王小慧所说的"态"。王小慧说，女人综合的美形成一种"态"，这种"态"是说不清道不明的，只可意会不可言传，是多年积累的；一个小姑娘不会有"态"，她可以有"姿"甚至"色"，但姿色可能随着年龄消失，"态"却不会……那我认为，"态"就是内外兼修的魅力，是五彩斑斓里的澄明，是丰盛繁复后的简单，是水中屹世的岛屿……

\野草也有它的"态"\

庆幸我身边有很多有"态"的朋友。

作为一个女人，年龄渐长，皮肤开始松弛，眼角爬上皱纹，发间有了银丝，器官功能日渐减退，旺盛精力被一点点削弱……比衰老更可怕的是什么呢？是未老先衰的精神面貌，是在高节奏工作生活中的萎靡不振。按照世俗定义的衰老路线和标准去随波逐流，是对自己身体和精神的彻底放纵，是对任何事物不再葆有敏感和喜悦好奇的心。

积极主动地去对抗那些放任的下坠，在不可控制的时间流逝中，努力把控自己的身体，并坚持锻炼身体的机能和心力的成长。

过去岁月的种种试炼，成全了现在的我们，过去的那些千回百转也会和现在发生千丝万缕的连接，并和未来一起塑造一个更丰富的自我，要努力让自己成为一道光，点亮自己，也照亮别人。

用心布置好喝茶的桌子，插了她喜欢的花，准备了她喜欢吃的无花果和小茶点，又泡了她喜欢的武夷山百谷广陵亭肉桂。

对于喜爱珍视的人，随意，但也有庄重认真的态度。

两人在初秋的下午相谈甚欢：最近家庭琐事，周遭变故，看的书和剧，一些无形中的变化。

一边在担忧着彼此日渐增长的体重，一边又在商量着晚上吃点什么好呢；一边说着彼此的哪一件衣服搭哪一条裙子好看，一边又在叫着每天早上打开衣柜都觉得自己没有衣服穿。怎样与孩子斗智斗勇，怎样挑痘痘才算成功……

彼此都陷身于平凡的生活，却常常感动莫名。任何时候都努力把自己照顾好安顿好，并以又坚强又温柔的心来认真对待生活。

她和我约定的见面，因事，我们未能见得，她却买了礼物寄来；他去藏区，给我请了唐卡，说空了给我拿过来；她向我央求一个手工布偶挂在包包上；她说想带女儿一起来我家做客……他们，都是温暖我让我珍惜的人。

也有"N"个人说：喜欢你的文字，喜欢你这个人。你以一种不打扰别人的方式，悄悄地渗透进别人的生活。一些我见过的，也有一些未曾谋面的。我们都曾在某一点上，有相同或相似的共同体验。彼此相互打开一扇门，不管外在的世界如何变化，我们都曾在温馨的对待里安静下来。

无论是谁，总有一些闪光的东西，如月亮的光辉，照进清凉内心。如果我的一些字、一些图片、一些音乐，也让你恰巧有过哪怕是一瞬的共鸣或震动，我们就已经相互给予。我们相互传达幸福，分享快乐。

所以，我所认识的每一个人啊，都请记得快乐！

• 九月 秋天里的春天

植物真是具有神奇的力量，夏天被虫害折磨得奄奄一息的幸福树，毅然给它断枝离叶，修剪得只剩一个光光的主干。给水施肥，仿佛一夜之间，它又长出茁壮枝条与鲜绿叶子，变得生机勃勃。生命的重生也许真的不是平白无故的，有时它必须伴随创痛与重建。

其实知道树叶的长成并非一日，那些看起来的不变，在每一刻都在发生着肉眼无法察觉的变化。喜欢一些微小变化，它为每一个平淡无奇的日子带来新奇和生机。

在早秋的时候，把幸福树挪到了书桌前，让那些迸发的新绿陪着读书写字的日日夜夜。混搭栽种了新的桌上小植物，茶饮换成了菊花和玫瑰茶，淡淡花香，是远山自然的味道。

生活的滋味不一定要时时甜，但一定要轻松自在。

在这个变化不停的世界里，我们需要去接纳、欣赏变化所带来的正向意义。同时，我们也需要在变化中保持静定的心，卧山看万千世界，从容品人生沉浮。

这个秋天，清凉似乎来得有点早，以至于紫薇与桂花的意象都重叠了，让人有些迷乱感。往年的紫薇，是开在暑夏的，一场大雨后，在湿漉漉的清晨，拿些落花在手上，有种微甜的幸福与淡淡的惆怅。而桂花，是开在深秋的，我记得邻居一手拿个小小的竹钵，一手拿根细细的竹竿踮着脚轻轻敲打枝条，小小的桂花便扑簌簌地掉落在竹钵里，一场小小的黄色桂花雨，暗香涌动，于是觉得做桂花糕这样普通的事情也诗意浪漫起来。

这个秋天，桂花却与紫薇一同热闹起来，站在桂花和紫薇树中间，目光越过绿叶，看见簇拥的紫红与枝干上微微跃动的鹅黄，蓝色天空下，风柔软清凉。

诗云："红叶流光，苹花两鬓，心事成秋水。"想起早春的时候，面对一树早开的桃花，仰望那些层叠花朵，心里的无限欢悦惊动。时间的流逝，或许真的只是人的错觉。我们在季节里轮转，在命运里沉浮，很多事有它既定的路径和走向，我们唯一能做的，是做好各种准备，尽量安然地去接纳。

在九月的阳光里，我好像置身时间的轴心之中，同时拥有了秋天和春天。

• 十月 静守，祝我快乐

对于一个久不出远门就会犯幽闭症的人来说，秋天绝对是一个充满诱惑的季节，难免起心动念，想出发去远方看绚烂的秋色。真正行动受诸多因素的制约，计划中的远行被搁浅。身边事物的重要性，需要理性地排序和对待。

家里的植物，也已经染上秋色。天已微微有凉意，为远行刻意准备的新衣衫，刚好可以穿了，对镜自照，一样的好心情。准备的便携烧水杯，写字的时候也恰好可以用起来。烧一杯水，恒定于80℃，冲泡绿茶刚刚好。不必中途起身再次续水烧煮，一气呵成的《兰亭集序》的书写流畅很多。

长长的假期，不远行，就在近处走走。正好也可以收拾、整理，好好静心写字。留心周遭，也是处处生机，处处可爱美丽。

晨起去古寺，苍翠幽深的树林，寺庙里只有几个身着布衣的老年女子打坐诵经，晨光里蒸腾起香火气味。以平常心焚香许愿，感恩岁月安好。年少时横冲直撞、无知无畏，成年后逐渐学会做一个善良柔和的人。爱与尊重，宽悯和包容，是一种需要经历和学习才能获得的能力，是一种更为深沉的力量。对生活的热爱和投入，对命运因果的顺服和敬畏，都是必须的。

\古老寺庙前的野菊花\

古寺前的苗圃里，种植着大片秋菊。竹片搭起的篱笆和攀附而上的菊花在古寺红墙的映衬下，更加清朗孤傲。一边是衣着光鲜的女子在对着镜头摆出各种姿势，一边是苗圃工人在浇水施肥，彼此各自保持自己应有的次序和乐趣，没有丝毫违和感。

去山野间走路，雨后空气清新湿润，略带寒意。循着密林深处的山路向上，蓬勃生长的树木野草，生命力格外旺盛。岩石上，草丛里，野花野果即便小而普通，也显露出山野间才有的坦然自若与桀骜气场，落花安静又动人。

临赵孟𫖯的《洛神赋》，能够隐隐感到笔尖发力，内容和字都很美。

桂花居然开了第二波，虽没有第一波汹涌澎湃，但也是密密匝匝，香气绵延。

家里植物熬过夏天的酷暑之后，也迎来又一个盛世，月季的花朵变得饱满，杜鹃和非洲凤仙一直在开，蕨类鲜活。

这样的季节，喜欢在傍晚时分，在花间树下坐一会儿，屋外尚有鸟鸣，秋虫也开始低声呢喃，却仿佛安静得听得见光线一行一行褪去的声音。

月亮慢慢从窗外升起，灯光也渐渐亮起来，想起诗句"独坐水亭风满袖，世间清景是微凉。"古往今来，倚鹤琴闲，照萤灯瘦，月透屏纱……所有闲情都有雅景衬托，但也彼此互补。重要的是心安静，才能感受到世间事物的诸多美好。

如同这日与月之间的秋日黄昏，晚风中有花香，光线清凉薄明。

我们坐着，不说话，就已经很美好。

很多时候，我们以为的遗憾和不完美，换一个角度，就是另一种完美。

如果不能出发去远方，那这一年的秋季，就这样远观、静守、安心，也很好。

十月，也是身份证上的一个纪念日。

这一年，大世界和小环境都是需要人做出调整的一年。动荡与变故，意外和疾病，生活被动地分出一些旁枝侧节，颠簸起伏。很庆幸这一年一直行进中的学习、画画和写字，它们于我，并非逃遁与躲避，而是一种脚踏实地的依傍，就像在兵荒马乱之中，置一片桃花源给自己。在纷乱流离、动荡不安中，始终有一条清晰的主线，真真实实地站在地上，完全把控自己的时间，不依傍外界，自己嬉戏游玩。相信万物都有规律和座次，能做的，就是坚持自己的方向，接受生活本来的面目，努力活成自己喜欢的样子。

要感恩那些良师益友的遇见和引领，让我得以时时对照、检视、反省自己。不在和别人的比较中寻找优越感，或是因为自己的不及而挫败失望。给别人多些耐心和理解，给自己也多些包容和接纳。保持自己的节奏，舒展自在，一步步往内心深处行，成为自己的同时喜悦别人。

正视内心欲望，但不以不切实际的欲望为痛苦。提醒自己"知止"，有些东西的确美好，但与我隔着一条叫作欲望的河，所谓的美好，不过河中倒影，我望见的，也不全是真实。隔岸观烟柳，看一看安于当下，不企图从多年后的生活里探出身，试着逆流而上，甚至刻舟求剑似的企图在老地方与旧人旧事重温旧时光。每段路程都有不同的经历和遇见，山重水复，柳暗花明，总有当下的风景和喜悦。我们储存积累着自身的时间，不断自我塑形，最终为什么人所欣赏，不过都是自我成长后的附属品。到这个年龄，不勉强自己咬着后牙槽，使劲活成别人"你该如此"的样子。放轻松，在不妨碍别人的前提下，好好做自己。

清风。

愿冬日温暖，万物温柔！

未来路且长，愿我依然遵循自己定下的那些原则。愿怀里抱紧现实生活，也依然抱住明月。

• 十一月 按自己的节奏生长

　　是冬天了，坐在阳台宽宽的藤椅里，树的叶子在风里一晃一晃，好像要晃碎柔暖的冬阳。这个季节，看着亲手种下的花草还在绽放嫩芽初苞，还在开放热烈花朵，就像得到了某种赏赐，仿佛春天一直就留在家里。用爱浇灌的花草带着露珠，没有比这更心爱的礼物，只为自己。于是，一个人、一杯茶、一本书，享受这宁静时光。

　　冬日午后，窗外的黄叶完成了它最后的使命，一片片自然飘落，树木开始心无旁骛地蓄积春天的力量。大概人也一样，应该适时地处于一种"憩"的状态，想法不必太多，内耗少一点，将身体的能量固守在五脏六腑，桩桩琐事才不至于扎破自己的心。

　　冬日的书桌，放上"青竹"香氛蜡烛。烛杯采用传统匠人手作的陶瓷素烧艺术，用原始的温度，送来生活的娴静。柠檬、青瓜、溪流、青竹、小苍兰……幽幽的味道缭绕，清清浅浅地像是一个人散步到了竹林间溪涧，远离喧嚣的尘世，心头只余下淡淡的欢喜和清亮。陶瓷烛杯里微微跳动的暖色火苗，柔软温煦地把心里的疲累、焦躁都悉心照料过滤了一遍，只剩下一种安心于此的舒畅。

\冬天的家\

天气越来越冷了，傍晚看书，喜欢的书总是舍不得急急看完，慢慢地读，读到心意相通的字句，用铅笔画上括弧或是细细的横线。这样清浅的加重和提醒，是心里的震颤和感动。那些自己隐秘的想法和体悟，作者说得如此明白透彻，感觉自己在无形的维度上与她同行，听她言说。感觉万物一体相连，人类与自然在共同命运的洪波中律动游走。

读到书末的字句："想和喜欢的人喝杯茶，天涯海角，看一眼雪山。"

抬头恰好看见本来灰霾的天有了淡淡阳光，于是起身冲泡一杯正山小种，茶汤金黄，顺醇后有回甘，几杯下肚，瞬间热能充沛整个身心。

插了几日的蜡梅，还有淡淡馨香，拿书起来，不小心碰掉几朵，恰好落在茶盘上，生灭变化的当下，有一种空寂的美。搬动花木和各种小小盆景，搭配出自己喜欢的角落。热衷于这样取悦自己的事，听到窗外缓慢的风吹动树叶的声音。

暮色渐起，安静极了。

• 十二月 和光同尘

冬日暖阳，在阳光里练习参展小楷作业《道德经》。写到"挫其锐，解其纷，和其光，同其尘；是谓玄同……"时，这一年时光，所有的经历，如电影放映机上的胶片，一帧帧闪过。

这一年，生活貌似有了很多不一样，有一些预料之中和预料之外的事情发生。世界动荡，外在环境的改变，身边周遭的变故，都对自己仿佛有一些打乱、拆解和重组。内在惯性的中断，思想上的改变，接受和适应，是一些更加细微的东西。以为这是一个漫长而艰难的过程，事实上比想象中的短和容易。也许，人经历越多，反而负担越少，只是朴素简单的存在。即使是见到或经历意外或者困难的事，也不会大惊小怪、仓皇失措，以平常心接受每一次的改变。一位姐姐曾对我说："放眼看世界，我们自己内心的成长最为重要……"深深共鸣于这样的话。这个时代，越来越多的突发状况和不确定性，任何设定的理想路线都有可能随时中断。事物越来越被标签化、模式化、物质化，人心也会跟着浮躁悸动。但如果心有方向，不管外在环境如何变化，都可以获得一处栖息地。希望，自己的心成长到可以过滤掉那些虚幻的泡沫，始终自省、沉淀。有柔软的心性，但对自己坚守的东西持刚硬之态。努力活在当下，始终以喜悦的姿态迎向生活，认真对待，做到最好。不管生活需要我们怎么左冲右突，都能安定地面对。

道家的"无为而治"，我理解的并非是一种逃遁逸世，而是一种"消解纷争，收敛光耀"的含蓄。凡事不那么尖锐，不要唯我独尊，总想着外露或展示，咄咄逼人地一点都不示弱。而是内敛、含蓄、柔和一点，即便心有猛虎，也要细嗅蔷薇。对他人的宽恕，对谤语的忍辱，对忠言的虚受，对万事万物有容纳……都是"无为而治"。

解脱纷扰，收束过多的光芒，做一个柔和且可爱的人，简单平常的日子也常常会带给我们惊喜。

抬头看见倾泻而下的阳光，明亮但不刺眼，是恰到好处的柔软温暖。

把自己深深沉潜在这冬日暖阳中。

和光同尘。